五四新文学研究的三个维度

王光东——著

学林出版社

目录

回望五四
——从赵家璧主编《中国新文学大系（1917—1927）》部分导言说开去*
（代序）

  赵家璧主编的《中国新文学大系（1917—1927）》是中国新文学运动第一个十年（1917—1927）的文学理论和作品选集，由上海良友图书公司于1935年至1936年出版。全书共分十卷，由蔡元培作总序，编选人作每一卷的导言，胡适编《建设理论集》、郑振铎编《文学论争集》、茅盾编《小说一集》、鲁迅编《小说二集》、郑伯奇

---

* 原载《社会科学》2019年第7期。

编《小说三集》、周作人编《散文一集》、郁达夫编《散文二集》、朱自清编《诗集》、洪深编《戏剧集》、阿英编《史料·索引》，这十位编选者都是五四新文学运动的直接参与者和推动者。在此重点分析的是胡适、周作人、茅盾、郑伯奇所写的导言。重读这些导言，对于我们进一步理解"五四"与"西方"、"五四"与"传统"的关系以及五四文学的一些理论、观念对后来文学的影响等都是有意义的，特别是导言中提出的一些基本观点对今天文学研究的启示性价值值得我们认真思考。

一 "文化传统"之于"五四文学"

中国文化传统之于五四新文学运动的关系是复杂的，中国现代知识分子在反叛封建传统的过程中，对于传统文化又表现出热烈的肯定和创造性的转化，他们的这种双重态度，源于在传统文化的漫漫历史中，发现了中国文化传统的现代性力量。民族文化的发展一定是传承中的创造。中国的文化传统是丰富的，先秦诸子、唐宋诗文、儒学经典、道家典籍……，丰富的文化传统在历史的进程中，沉淀为我们民族的精神和个性。五四作家在反对封建礼教法则对人性的压抑时，同时又在文化传统中寻找建构现代文化的资源，郭沫若对先秦文化中的孔子、老子给予热烈的赞美，周作人、胡适在新文学大系导言中，分别从传统文人创作和民间文学两个方面说明了新文化、新文学与传统的关系，为我们如何理解"传统"、发展传统提供了有益的思路。

周作人在他撰写的《散文一集》导言中说："现代的散文在新文学中受外国的影响最少，这与其说是文学革命的，还不如说是文艺复兴的产物，虽然在文学发达的程途上复兴与革命是同一样的进展。在理学与古文没有全盛的时候，抒情的散文也已得到相当的长发，不过在学士大夫眼中自然也不很看得起。我们读明清有些名士派的文章，觉得与现代文的情趣几乎一致，思想上固然难免有若干距离，但如明人所表示的对于礼法的反动则又很有现代的气息了。"① 显然周作人是把五四时期的现代散文看作是明清散文的一种复兴和转化，"现在的文学——现在只就散文说——与明代的有些相像，正是不足怪的，……又因时代的关系在文字上很有欧化的地方，思想上也自然要比四百年前有了明显的改变。现代的散文好像是一条湮没在沙土下的河水，多少年后又在下流被掘了出来；这是一条古河，却又是新的。"② 这种由古代转化而来的"新的传统"，同时又是传统的一部分，那么，是什么力量赋予传统新的因素呢？在周作人看来"即是西洋科学哲学与文学上的新思想之影响"③。由此看来，五四时期的新文学作家在接受外来影响时，并不是否定传统，而是谋求传统的创造性转化。郭沫若在他的《中国文化之传统精神》《论中德文化书》《伟大的精神生活者王明阳》等文章中，也同样在中国传统文化中寻求新文化建构的资源和力量。他认为不论是老子和孔子或他们之前的原始思想中，却能听到两种心音："把一切的存在看做动的实在之表现！——把一切的事业由自我的完成出发！我们的这种传统精神——在万有皆神的想念之下，完成自己之净化与自己之充实以至于无限，伟大而慈爱如神，努力四海同胞与世界国家之实现的我们这种二而一的中国固有的传统精神，是要为我们将来的第二的时代之两片

---

①②③ 周作人：《中国新文学大系·散文一集·导言》，上海良友图书印刷公司 1935 年版，第 7—8、10 页。

子叶的嫩苗而伸长起来的。"① 郭沫若在传统中发现了自我实现和承担世界国家责任的现代精神，他对于传统文化的这种态度，和周作人在新文学大系《散文一集》导语中的观点是一致的，他们都是在新的历史文化语境中赋予传统文化新的意义，以谋求新文化的产生和发展。那么，又该怎样理解中国现代知识分子既肯定传统又反叛传统的双重态度呢？在历史的发展过程中，特别是社会历史发生转型和变化时，我们所面对"传统"往往呈现出它的"两面性"特征：一方面是不适应历史发展的滞后性，一方面是传统文化中的某些内容与历史发展有意义的相关性。只有反叛这种"滞后性"，同时赋予相关性历史文化有意义的创造性力量，才能推动传统文化的更新，以适应新的社会历史发展的需要，创造出新的文化形态。周作人等现代知识分子对传统文人思想的发现，正是在这样的意义上具有了巨大的现代性价值。

胡适与此有所不同，它是在传统文化中"民间文化"这一维度上寻找新文化、新文学的建设资源。"民间文化"与"文人文化"既相联系又有所区别，胡适在他的《白话文学史》中，曾把"文人的民间化"和"民间的文人化"看作是中国文学不断发展的两条路径，这两者有一个共同的指向——"民间"是文人创作的资源并赋予文学生命的力量。在他看来，文学变革的动力是与民间联系在一起的，依据这样的思路，新文学的产生也必然不能脱离与民间文化的联系，所以胡适在《中国新文学大系（1917—1927）·建设理论集》导言中认为："中国白话文学的运动当然不完全是我们几个人闹出来的，……我们至

---

① 郭沫若：《〈文艺论集〉汇校本》，湖南人民出版社 1984 年版，第 16 页。

少可以指出这些最重要的因子：第一是我们有了一千多年的白话文学作品，……第二是我们的老祖宗在两千年之中，渐渐的把一种大同小异的'官话'推行到了全国的绝大部分……，第三是我们的海禁开了，和世界文化接触了，……使我们明了我们自己的国语文学的历史，使我们放胆主张建立我们自己的文学革命。"[1] 这个文学革命所延续的就是一千多年来白话文学，也就是民间的俗文学，胡适在"民间俗文学"的传统中找到了新文学发展的道路。刘半农与胡适持有相同的文学观念，刘半农认为："中国内地的歌谣中，美的分子，在情意方面或在词句方面都还很丰富。"[2] 他不仅在《我之文学改良观》中把自己的诗学主张与民间文学相关联，而且还依赖江阴民歌创作了新诗《瓦釜集》。周作人在《歌谣》周刊发刊词中说得更为明确："搜集歌谣的目的共有两种，一是学术的，一是文艺的。……从这学术的资料之中，再有文艺批评的眼光加以选择，编成一部国民心声的选集。意大利的卫太尔曾说：'根据在这些歌谣之上，根据在人民的真感情之上，一种新的民族的诗也许能产生出来'。所以这种工作不仅是在表彰现在隐藏着的光辉，还在引起将来的民族的诗的发展。"[3] 由上论述可以看到，中国现代早期的知识分子对于传统的民间文化寄予了高度的热情。任何时代的文化都存在着主流文化和非主流文化的区别，与下层民众密切关联并与他们的生活方式融为一起的民间文化，虽然浸透着主流文化的影响、体现着某个时代的价值观，但是这一民间文化传统由于与普通民

---

① 胡适：《中国新文学大系·建设理论集·导言》，上海良友图书印刷公司 1935 年版，第 15—16 页。
② 陈子善编：《刘半农书话》，浙江人民出版社 1998 年版，第 148 页。
③《周作人民俗学论集》，上海文艺出版社 1999 年版，第 98 页。

众的日常生活血肉相连，往往具有鲜活、生动、率真的生命活力，譬如民歌、民谣都是来自下层民众真实的声音，它的艺术内容及其表达形式与已成规范的文人诗词相比较，具有更为强烈的创造性，这也正是中国现代知识分子在创造新文学的过程中，极力张扬民间文学的重要原因。

我们面对的传统是复杂而又丰富的，传统文学的存在形态也是多元和多层次的，怎样发现"传统"并激活它使之成为新的文化形态的组成部分，是从五四直至今天都需要认真思考的问题。

二 "混杂性"与异域文学的接受

五四文学与西方文学的关系，是五四新文学研究中的又一个重要问题。一个民族和国家对异域文化的接受往往是与自身的民族文化传统相关的，自身的文化传统往往制约着接受外来文化的路径和内容。郑伯奇在《小说三集》导言中，用美国的心理学家史丹莱·霍尔的发生心理学理论，来解释中国五四新文学的发生，认为五四文学在接受西方文学影响时具有"混杂性"的特点，一个作家的创作可能同时受到多种西方文学思潮因素的影响，这一特点导致了五四文学构成内容和表现形式的复杂性（这种"混杂性"在五四文学乃至中国现当代文学的不同阶段都有所表现），这一特点也说明了中国文化传统具有包容性的胸怀和气魄，以及吸纳外来文化的能力。重视这一特点，对于中国现当代文学史研究具有重要的意义，因为中国现当代文学在发展过程中，一直与外国文学有着紧密的关联，这就要求我们不仅要重视中国作家创作区别于其他国别作家的独特性；而且要充分的意识到"本土"文化传统如何制约异域文化的接受等问题。

霍尔认为：人类的进化是将以前已经通过了的进化过程反复一遍而后前进的，郑伯奇说："若把这个臆说大胆的应用在文化史上面，我们也可以说，人类文化的进步，是将以前已经通过了的进化过程反复一番而后前进的，在文化落后的国家或民族，这种现象更为显著。"①由此郑伯奇在回顾五四新文学第一个十年时认为："中国文学的进展，我们可以看出西欧二百年中的历史在这里很快地反复了一番。这不是说中国的新文学已经成长到和西欧各国同一的水准，落后的国家虽然急起直追也断不能一跃而跻身于先进之列。尤其是文学艺术方面，精神遗产的微薄常常使后进国暴露出它的弱点。我们只想指出这短短十年中间，西欧两世纪所经过了的文学上的种种动向，都在中国很匆促地而又很杂乱地出现过来。"② 这一论述说明了西方文化、文学对于五四文学的影响不是单一的，而是混杂的，西方意义上的文学思潮和作品在中国并没有出现，正如茅盾在《小说一集》导言中说："我们回顾第一个'十年'的成果，也许会有一个疑问：为什么我们的'新文学运动'的初期跟外国的有点不同？在我们这里，好像没有开过浪漫主义的花，也没有结写实主义的实。"③ 这种现象的产生，当然与我们的文学传统、五四时期的历史现实、作家的审美理想等问题有关，但与这种"混杂的影响"也是有关系的，郑伯奇在《小说三集》导言中认为："所谓'人生派'实接近帝俄时代的写实派，而所谓'艺术派'实则包含着浪漫主义以至表现派未来派的各种倾向。这种倾向的混合并不是同时凑成的，这里自然有个先来后到，但这些倾向有个共同的地方所以能够杂居，确是不容否认的事。但这些倾向中比较长远，而

---

①② 郑伯奇：《中国新文学大系·小说三集·导言》，上海良友图书印刷公司 1935年版，第 1—2 页。

③ 茅盾：《中国新文学大系·小说一集·导言》，上海良友图书印刷公司 1935年版，第 12 页。

最有势力的当然是浪漫主义了。"[①]郑伯奇不仅指出了"人生派"与"艺术派"主要特征，而且也看到了作家作品中所具有的"混合性"的特点，在创作社的这批作家中，特别是郁达夫和郭沫若的小说创作中，日本"私小说"的因素也是比较明显的。五四新文学创作所呈现出的这种"混杂性"特点，启示我们在中国现当代文学史的研究过程中，要重视如下几个问题：（1）中国新文学的发展有其自身的规律，中国文学面对着与西方文学不同的文化传统、社会现实，也就不可能沿袭着西方文学的发展轨迹向前发展，这也就要求我们研究中国五四文学时，要重视中西文学不同的发展路径，这虽然是一个常识性的问题，但我们仍旧对于这种"差异性"重视不够，直接把一些"西方理论"照搬挪用，这种现象在新时期以来表现得更为突出。新时期以来的文学与五四文学的"异域文学接受"有着很大的相似性，"混杂性"也是其明显的特征，西方的现实主义，浪漫主义，现代主义，后现代主义文化、文学因素，同时杂糅在中国作家的创作中，因此简单地套用某种文化理论来分析中国文学，就会带来作品分析的隔膜感。从这样的意义上说，"新文学大系"的导言，从文学现实出发，在具体作家作品的分析过程中，说明作家写作意义的研究方法仍旧是应该重视的一种研究方法，这也就带来了需要讨论的第二个问题——中国新文学研究的"本土化"问题。（2）所谓"本土化"不是简单的拒绝外来理论，而是一种思维方法的转变，也就是从"中国问题"出发去展开研究。曹锦清在《如何研究中国》中认为："西方的理论和概念必须按照中国

[①] 郑伯奇：《中国新文学大系·小说三集·导言》，上海良友图书印刷公司 1935 年版，第 3 页。

的语境加以语义学上的改造，通俗来讲就是中国化。如果这个过程不完成，用输入的西方理论直接套裁中国是要误读中国的。另外，把西方理论掩藏着的价值观念作为一个普世的价值观念我们也会犯错误，价值观念从来不是普世的。价值观念的来源只能是本民族内在的需求和当下实践的需求。"[1] 在《中国新文学大系（1917—1927）》导言中，我们可以看到导言作者大多是以"中国"为中心来研究中国问题，对西方理论的理解是融入中国问题的分析中的，因此鲁迅在充分肯定西方文学对五四作家的影响时，又深刻的提出了中国作家在"中国语境"中的独特性；胡适在"进化论"影响下形成了"历史进化的文学观"，其目的是为了推到旧文学，建立白话为一切文学工具的新文学观念；郑伯奇则从中国作家的历史境遇出发，分析他们接受外来影响的必要性及其差异。这种从本土出发分析问题的思维方法，是五四一代作家留给我们的宝贵精神资源，只有在这里我们才能找到真实的自己和艺术的力量。

三 "社会生活"作为文学的批评原则

新文学大系导言不仅是中国现代文学史研究的重要文献，而且是文学批评的经典性文本。导言作者评价文学作品的原则不尽一致，具有浓重的个性化色彩，但对后来的文学研究都产生了一定的影响，特别是鲁迅那种战斗的现实主义精神及其文艺思想，不仅影响着文学史的发展，而且影响着知识分子的精神和灵魂。茅盾在《小说一集》的导言中，以表现"社会生活的深度和广度"作为评价作品的基本原则，

---

[1] 曹锦清：《如何研究中国》，上海人民出版社2010年版，第14页。

对于今天的文学批评而言仍旧是值得重视的一个问题。

茅盾在《中国新文学大系（1917—1927）·小说一集》的导言中，对于五四文学前半期创作提出了批评，认为有两个很重大的缺点，"这两个缺点，第一是几乎看不到全般的社会现象而只有个人生活的小小的一角，第二是观念化。"[①] "大多数创作家对农村和城市劳动者的生活很疏远，对于全般的社会现象不注意，他们最感兴味的还是恋爱，而且个人主义的享乐的倾向也很显然。"[②] "'人物都是一个面目的，那些人物的思想是一个样的，举动是一个样的，到何种地步说何等话，也是一个样的'。这些恋爱小说内的主角大抵不是作家自己就是他的最熟悉的伴侣，可是一搬上纸面尚不免观念化，无怪那极少数的描写农村生活和城市劳动者生活的作品更其观念化得厉害！"[③] 文学创作出现这种状况的原因，茅盾认为是"生活的偏枯"造成的，显然茅盾是从"文学表现社会生活的深度和广度"的角度来分析和评价五四前期的小说创作的。批评家对小说作品的评价可以有多样化的角度，这一时期的恋爱小说虽然有观念化的倾向，但从人的个性发展，反抗封建伦理法则的角度分析也有其时代价值，但是茅盾要求文学反映更广阔的社会生活和人的丰富性与复杂性，也是具有重要的现实意义和文学意义的。茅盾秉持的是现实主义的文学批评原则，重视文学的"真实性和丰富性"，这一现实主义的文学批评理论对中国现当代文学的影响是深远的。事物总是有其两面性，当我们把"真实"作为评价文学作品的标准并且"绝对化"，就会带来对文学形式、技巧以及人与生活之

---

①②③ 茅盾：《中国新文学大系·小说一集·导言》，上海良友图书印刷公司 1935年版，第 9—10 页。

间多样化审美关系的忽视，新时期个人化的"先锋主义"写作，在回归"文学本体"的过程中，某种意义上也是对这一文学写作原则的反驳，但是当文学的个人化写作发展到一定阶段，呈现出疏离广阔的社会生活，成为个人的"小世界"的表达，生活以及由生活产生的意识日益狭窄时，文学与人、文学与生活之间的多样化、丰富性的审美关系就会再一次变得简单化、观念化，从这个意义上说，我们应该特别重视茅盾在导言中提出的，"生活的偏枯"会带来"文学的偏枯"的观点，由此对今天的文学创作有所思考。

新世纪以来，在城镇化的过程中，中国当代城乡关系的巨大变化所带来的社会现实的变化，已经深刻的影响并改变着中国人的生活方式以及生活观念。伴随着这种变化，出现的一些优秀文学作品也以"史诗"性的品格与这个时代建立了深厚的审美关系，但是我们也应看到当下小说创作中存在的"生活偏枯"的问题，这一问题主要呈现在如下两类小说的创作中：一是网络小说写作，一是部分青年小说家的"纯文学"写作。网络小说与纸媒小说相比较而言，它有不同于纸媒小说的生产方式，在文化资本的操纵下，市场化的影响以及对读者阅读消费的期待，使网络小说更关心阅读者的趣味和阅读量，可读性、通俗性成为其主要的特点，而支持这种可读性的是男欢女爱、类似于武侠小说的人的超能力的夸张叙述，或者是黑幕、猎奇的感官刺激……，如此一来，我们很难在网络小说中看到对现实生活的严肃思考，社会关系中"人的情感与生活"的丰富性被所谓的虚拟想象简单化，生活或者说人们普遍"感知的社会生活"在网络小说中的呈现是不够的。这类文学作品作为一种消遣，自有其存在的理由，但是从文学理应承担社会责任的角度来要求这些作品，这些缺乏鲜活、生动生活经验和社会深度的作品是难以有真正的艺术价值的。对于部分青年作家而言，"生活偏枯"也是当下值得重视的问题，特别是那些正在学校读书或者刚刚走出校门的青年作家，其作品题材的狭窄和处理题材的能力的贫弱，和茅盾批评五四前半期创作时提出的问题是一样的："第一是几乎是看不到全般的社会现象而只有个人生活的小小的一角，第二是观念化。"①五四前半期的小说创作存在的问题与当下部分青年作家存在的问题是如此的相似，如何解决这些问题呢？茅盾在导言中的一段话，对于今天的作家而言仍然是有意义的，茅盾说："怎样克服这些缺点呢？许多人的见解并不一样。从当时的青年群内（包括了青年的作者和读者）发出来的最普遍的呼声只是很干脆的一句话：让他自由发展就好了！(《小说月报》十三卷各期的通讯栏内就记录着一部分这样的现象)。但是，空空洞洞的一句'让他自由发展'显然不是当时实际所需要。十二卷七号的《小说月报》有特别的一栏——'创作讨论'，企图把这问题更具体的研究一下。参加讨论的，共有九位，在现今看来，其中有一位署名说难的《我对于创作家的希望》最为切实了。(这位说难，记起来好像就是胡愈之)。他这篇文章指出了作家们除'感情的锻炼修正和艺术力的涵养以外，实际社会是不能不投身观察的。文学（广义）中之文法语法方面，是不能不分心研究的。旧来之语体小说，是不能不参考的。新闻纸第三面的纪事，是不能不多看的。而且街谈巷议和许多外行人的议论，也是不能不虚心听受的'。可是当时青年的创作家或有志于创作的青年却不耐烦下那样的水磨功夫。"②茅盾这段对五四前半期青年创作家的评价和分析，同样应该引起今天的青年作家的深思。

---

①② 茅盾：《中国新文学大系·小说一集·导言》，上海良友图书印刷公司1935年版，第10—11页。

四　结语

《中国新文学大系（1917—1927）》的十个导言所包含的理论思想、研究方法以及理解文学史的观念对中国现当代文学史的研究影响是深远的，大部分导言体现出的文学史观是"进化的历史文学观"，他们对于新文学的理解和认识都与这一文学史观有着密切的关系，那么这一文学史观在今天应该怎样理解呢？在《中国新文学大系（1917—1927）》导言中，蔡元培写的总序，郑伯奇、胡适等人写的序导言中，都谈到了文学的进化问题，胡适在《建设理论集》导言中对"历史进化的文学观"表述的尤为清楚："文学革命的作战方略，简单说来，只有'用白话作文作诗'一条是最基本的。这一条中心理论，有两个方面：一面要推倒旧文学，一面要建立白话为一切文学的工具。在那破坏的方面，我们当时采用的作战方法是'历史进化的文学观'，就是说：'文学者，随时代而变迁者也。一时代有一时代之文学，……各因时势风会而变，各有其特长。……唐人不当作商周之诗，宋人不当作相如子云之赋，即令作之，亦必不工。逆天背时，故不能工也。……今日之中国，当造今日之文学。"[1] 胡适等人所持有的这一"历史进化的文学观念"揭示了不同时代的文学之间的差异性以及时代精神对文学发展的重要影响，是五四新文学建立过程中的重要理论与思想，这一理论使现代知识分子找到了反抗旧文学的必要性和建立新文学的合理性，在实践层面上以无畏的勇气构建新的文学世界，创造出了具有鲜明时代特点的五四文学，丰富了中国文学的内容以及艺术表

---

[1] 胡适:《中国新文学大系·建设理论集·导言》，上海良友图书印刷公司 1935 年版，第 19 页。

达形式。这种历史进化的文学观念，确认了文学与时代同步发展的内在联系，推动了中国文学的转变和发展，其历史意义和文学意义都是不容否定的，但是文学史研究不能简单套用"进化论"，文学史研究应重视文学史发展过程中文学存在形态的多样性，不然就会忽略审美习惯、趣味的继承性和文学发展的联系性，对文学存在形态的丰富性进行"简化"处理。历史进化的文学观念作为五四时期的"作战方法"其历史意义是巨大的，但是作为今天我们研究文学史的原则是需要反思的，在强调文学的进化、发展时，不应忽略文学的继承性以及与文化传统的关联性，并由此为基础开拓文学史的研究视野和空间。

最后需要特别说明的是本著作中的章节以前都在刊物发表过，这次在整理成书的过程中，对于一些表达疏漏或引文有误的地方进行了重新修订。感谢学林出版社！感谢为本书出版付出了辛勤劳动的编辑。

第一章
五四新文学中的现代主义

第一节
五四新文学中的现代生命意识 *

　　西方现代哲学的内涵是极为广泛的，它包括实证主义、新康德主义、马赫主义、实用主义等各种哲学流派，但对早期西方现代派文学的形成产生了重大作用的则是尼采、柏格森的生命哲学和弗洛伊德的精神分析学说。如果说尼采和柏格森的生命哲学把艺术家的生命意义从理性转向意志本能和直觉，从客观世界转向似乎不以客观世界为转移的人的内心生活的深处，弗洛伊德学说则为艺术家打开了从现实生活走向人的潜意识，即走向被压制的本能的世界的道路。毫无疑问，尼采、柏格森、弗洛伊德学说的核心都是围绕着人的"生命"展开的，他们的突出特点是对于个体人的生命价值和意义的高度重视。尼采、柏格森、弗洛伊德学说的这种"生命意识"深刻地影响了在中西文化交汇和撞击中所产生的五四新文学，它不仅强化了中国现代作家的个性独立人格，而且带来了他们对于社会、人生、艺术的崭新观念。

_____

* 该节原载《中国比较文学》2000 年第 3 期。

一

　　五四新文化运动所包含的一个重要主题就是把人从封建理性的束缚中解放出来，确立人的个性自由品格以反叛传统，确立独立自由的现代人格意识。理解中国现代作家这种个性独立意识的形成是我们理解五四新文学中现代生命意识的关键。

　　中国现代作家的个性独立意识是在与世界文化的广泛联系中产生的，也可以说中国现代作家的个性意识的觉醒寓于世界意识的觉醒之中。早在五四新文学运动的十年之前，留学日本的青年鲁迅就对摩罗诗人雪莱、拜伦倾注了由衷的热情，冒天下之大不韪地宣称，诗人的人格、使命和理想，应当傲然独立，应像撒旦一样敢于同全能的上帝分庭抗礼，敢于反抗社会，独战多数，虽获罪于全群无惧，纵为社会之敌也在所不顾，诗人应刚健不挠，抱诚守真，不取媚于群以随顺旧俗，发为雄声，以期国人之新生。在这里我们明显地看到 19 世纪欧洲浪漫派诗人的思想、行为、性格，使鲁迅发现了真正诗人的形象，确立了他最基本的个性自由思想。他所呼唤的摩罗诗人在十年之后的中国则由郭沫若遥相呼应，以浪漫的无畏气质化雪莱、拜伦、惠特曼、歌德等人的思想为自己的声音，喊出了个性的强烈雄壮之音。正如郁达夫所说："我们实际上要把固有的习惯打破，要想做一番事业的时候，总要有一种浪漫主义的思想在前开道才行，这事实在历史上最早已证实了。"[1] 显然西方浪漫主义文学思潮对于中国现代作家个性独立意识的形成起到了极为重要的作用。

---

[1]《郁达夫文集》第五卷，花城出版社、三联书店香港分店 1982 年版，第 90 页。

当中国现代作家在西方浪漫派的影响下，把人的个性自由看作是人生的最基本目的，进而以此唤醒沉睡的国民，启蒙民众觉醒的时候，他们在自身的思想观念和世界文化发展进程的导引下，必然地与西方现代哲学发生了联系。

五四时期的中国作家大多数受到达尔文社会进化论的影响，他们相信文学及社会和其他事物一样都是循着进化的链条一步步向前发展的，因此他们对西方现代派文学大都表现出了一种真切的向往。茅盾就曾说过："西洋小说已经由浪漫主义进而为现实主义、表象主义、新浪漫主义，我国则停留在写实之前，这个自然又是步人后尘。"① 故此茅盾断言："今后的新文学运动应该是新浪漫主义的文学。"郑伯奇则从发生心理学的角度认为："文学落后的国家和民族，它的文学虽然在一个新的潮流中产生，而先进国家所经过了的文学进化过程，它还要反复一遍。"② 也同样从文学进化论的角度阐述了西方现代派文学进入中国新文学的必然性。中国现代作家对社会及文学发展进程的逻辑性思考，使他们有可能趋于西方的现代派文学及其与此相关的哲学理论，更为实质性的原因则是他们的社会进化观与他们的个性主义精神联系在一起，使他们从西方现代派文学及哲学那里发现了与他们在西方浪漫派文学影响下所建立起来的个性人格精神的某种内在的一致性，这一点郁达夫阐说得十分清楚。他说："新浪漫派极力地主张个性的尊严，环境的破坏，这一种倾向，确与自然主义未兴之前发达过的浪漫运动一致。"但是"不完全是前期的浪漫主义者一样的，他们对现实

---

① 茅盾：《小说新潮宣言》，《小说月报》第 11 卷第 1 期，商务印书馆 1920 年版。
② 郑伯奇：《中国新文学大系·小说三集·导言》，上海良友图书印刷公司 1935 年版。

的生活，目前的事实，怎么也不能一概抹杀，不过他们在这一个环境"
之中，毅然决然，用了他们个性的力量，在那里战斗。脚踏大地，他
们想征服大地。这一种表现的倾向，至少有两三点可以说出来。第一，
人生内在的当为的能力，因而觉醒了。被宿命论压制了的人类的自由
意志，因而解放了。第二，因而主张自己的尊严和自由的结果，对于
他人的个性的自由和尊严，也容忍起来了。第三，对于人类生活的见
解，因而非常流动了。有这几种的影响在那里起作用，所以现代人的
生活，都在向着新的方向展开。①鲁迅、郭沫若等早期中国现代作家
也大都是从"个性自由的解放与创造"的角度，对西方现代哲学家尼
采、柏格森等人表示了由衷的欢迎。鲁迅不仅称赞尼采是一个"个人
主义至雄杰者"，而且还直接在尼采的影响下确立了他早期最基本的社
会文化观——"掊物质而张灵明，任个人而排众数"②。对"据其所信，
力抗时俗，示主观之极致"③的尼采诸人倍加赞扬。鲁迅还直接翻译了
受柏格森哲学影响的厨川白村的著作《苦闷的象征》，鲁迅曾说，厨川
白村"据柏格森一流的哲学，以进行不息的生命力为人类生活的根本，
又从弗罗特一流的科学，寻出生命力的根柢来，即用以解释文艺——
尤其是文学"④是"很有独创力的"⑤。进而鲁迅断言："非有天马
行空似的大精神即无大艺术的产生。"⑥在这里，不管尼采、柏格森、
厨川白村的学说有什么不同，但他们对于人的个性生命力的推崇则是

---

① 《郁达夫文集》第五卷，花城出版社、三联书店香港分店 1982 年版，第 90、
　　94、69 页。
②③ 鲁迅：《文化偏至论》，《鲁迅全集》第 1 卷，人民文学出版社 1981 年版，第
　　44—62 页。
④⑤⑥《鲁迅全集》第 10 卷，人民文学出版社 1981 年版，第 232 页。

一致的，正如厨川白村所认为的那样："将那闪电似的，奔流似的，蓦地，而且是几乎胡乱地突进不息的生命力，看为人间生活的根本者，是许多近代的思想所一致的，那以为变化流动即是现实"，而说"创造进化"的柏格森的哲学不待言，就在叔本华意志说里，尼采的本能论超人说里……岂不是统可以窥见生命力的意义么？由此我们看到，鲁迅与西方现代生命哲学的联系也正在于对人的个性生命力的发现。而郭沫若也是在这一意义上去接受西方现代哲学的，他曾翻译尼采的《查拉斯屈拉如是说》在《创造周报》连载，读过柏格森的《创化论》，认为："凡为艺术家的人，我看最容易倾向他那生之哲学方面去"，并直接用柏格森"生命的动流"说来解释艺术家与世界之间的关系。还认为"宇宙自有始以来，只有一种意志流行，只有一种大力活用"[①]。郭沫若与厨川白村的关系也是值得重视的，现在还未能有充分的资料证明郭沫若曾读过《苦闷的象征》，但把郭沫若《生命的文学》与厨川白村《苦闷的象征》作一比较，两者的观点极为相似，仅举一例：

生命与文学不是判然两物，生命是文学的本质，文学是生命的反映。

——郭沫若

艺术纯然是生命的表现。

——厨川白村

很显然，郭沫若和厨川白村都把"生命"看作是文学的核心本

---

① 郭沫若：《沫若文集》第 10 卷，人民文学出版社 1959 年版，第 166 页。

质，这一点与尼采和柏格森也是一致的，尼采就是认为，艺术是"生命的伟大兴奋剂"。

尼采与柏格森的生命哲学不仅从个性生命的角度影响了鲁迅、郭沫若、茅盾、郁达夫等人，而且还影响了"沉钟社""狂飙社"，特别是在高长虹和向培良的创作中溢满了尼采式的精神，正如鲁迅在评价向培良《飘渺的梦》时所说："在这里听到了尼采声，正是狂飙社的进军的鼓角。尼采教人们准备着'超人'的出现，倘不出现，那准备便是空虚。但尼采却自有其下场之法的：发狂和死。否则，就不免安于空虚，或者反抗这空虚，即使在孤独中毫无'末人'的需求温暖之心，也不过藐视一切权威，收缩而为虚无主义者（Nichilist）。巴札罗夫（Bazarov）是相信科学的；他为医术而死，一到所藐视的并非科学的权威而是科学本身，那就成为沙宁（Sanin）之徒，只好以一无所信为名，无所不为为实了。但狂飙却似乎仅止于'虚无的反抗'，不久就散了队，现在所遗留的，只有向培良这响亮的战叫，说明着半绥惠略夫（Sheveriov）式的'憎恶'的前途。"[①] 在这里，狂飙在于虚无黑暗处的孤独与反抗很显然接近于尼采的强力意志精神。

中国现代作家与尼采、柏格森生命哲学的关系从 1926 年以后开始淡化，正如郭沫若所说："《查拉图斯屈拉》结果没有译下去，我但是拒绝了它。中国革命运动逐步高涨，把我向上看的眼睛拉到向下看，使我和尼采发生了很大距离，鲁迅译此书的序言而没有译出全书，恐怕也出于同一理由。"[②] 因此我们看到在新文学的第二个十年里，西方

---

① 鲁迅：《中国新文学大系小说二集·导言》，上海良友图书印刷公司 1935 年版。
② 郭沫若：《沫若文集》第 10 卷，人民文学出版社 1959 年版，第 75 页。

现代哲学的个性生命意识仅仅通过西方象征主义文学思潮与现代诗派和九叶诗群发生某些微弱的联系。至于 20 世纪 40 年代初期当陈诠等人再一次掀起尼采热的时候，尼采哲学在那里由于各种历史因素和政治条件的制约以及对于尼采哲学理解的差异，已暴露出极为明显的与中国历史发展进程的对立冲突。此外还由于 20 世纪 40 年代的尼采热并没有在文学创作中留下引人注目的作品，对此不再作进一步的分析。

二

通过以上简论，我们可以看到中国现代作家与西方现代哲学的联系主要的是从"个性"解放的角度发生的，之所以产生这种情形主要是由于对中国作家发生重大影响的尼采、柏格森等人的哲学都有一个突出的特点，就是对于个体生命的强烈关注，抑或说是一种生命哲学。生命哲学是西方近代哲学中一个常见的名称。有时它泛指关于生命的价值和意义的学说，往往是伦理道德学说的组成部分，并不作为一个独立的哲学流派而存在，在各派的哲学中都可找到，尼采和柏格森等人所谈的生命的意义和价值已不限于伦理道德方面，而是涉及了本体论、认识论、方法论等几乎一切领域，换言之，在尼采和柏格森的哲学中，生命成为他们思考世界和人的基本核心内容，那么中国现代作家从"个性解放"的角度与尼采、柏格森的生命哲学发生联系的时候，二者是否相同？又有哪些区别？

尼采哲学的全部内容是在探索生命的价值和人生的，在他看来，哲学使命乃是投一光束于人的内心，促使每个人去发现他的真实的自我，去独立地探索生活的意义，因此尼采的哲学总是以对于生命的热情思考为核心去发现生命的内涵，正是这种生命精神，构筑了他的哲学体系，提出了"酒神精神"和"强力意志"这最基本的生命哲学思想。何为"酒神精神"呢？"酒神精神"就是"一个如此解放了的精神，怀着喜悦和信赖的宿命立于天地之间，深信仅有身体被遗弃，在整体中万物都被拯救和肯定——他不再否定……但一个这样的信念是一切可能信念中最高的，我名之为酒神精神"。"甚至在生命最异样最艰难的问题上肯定生命，生命意志在生命最高类型的牺牲中为自身的不可穷尽而欢欣鼓舞——我谓这为酒神精神。"尼采还一再强调，酒神精神达到了肯定的极限，它肯定万物的生成和毁灭，肯定矛盾和斗争，甚至肯定受苦和罪恶，肯定生命中一切可疑可怕的事物。[①] 总之，肯定一切生命的整体。由此看来，酒神精神的本义是肯定生命包括生命所涵有的痛苦，要想肯定生命的痛苦，一个人必须有健全的生命力和坚强的意志。在尼采笔下的人显然是一个生命本能健全、且有强力意志的人，这个人看到了生命进程中的痛苦和罪恶，看到了人世间的苦难和肮脏，但是他并未被这种痛苦和苦难所压倒，而是把痛苦看作是生命不可缺少的部分，要用强力意志精神去正视和接受痛苦，进而战胜这种痛苦，在"痛苦"的战胜过程中享受生命力增强的欢乐。由此看来，尼采从生命本能的要求出发，把道德善恶看作是生命本身以内的事情，而不是脱离于生命之外的内容，否定了以往的所有理性规范。柏格森毫无疑问沿着尼采的思想又向前走了一步，提出了"生命冲动"的学说，"生命冲动"在柏格森的哲学中既被当作一种主观的非理性的心理体验，又被当作一种创造世界万物的宇宙意志，它永远在变化运动和创造中，没有终止的时刻，因此生命的意义和价值就在于这种无休无止的创造过程中，在这里，人的不息的生命创造精神也同样被赋予了至高无上的地位。如果说尼采和柏格森把"生命"看作是宇宙的本质，把生命的创造精神和强力的意志追求看作是人的生存目的，那

---

① 参见周国平：《尼采：在世纪的转折点上》，上海人民出版社 1986 年版。

么弗洛伊德则对生命的重要组成部分"非理性"内涵试图进行科学地分析，把无意识的生命冲动看作是人类创造的动力，为人类揭开了通往自身的认识道路，如上简略论述，我们看到尼采、柏格森的"生命哲学"和弗洛伊德的心理分析学说最为基本的特征就是把生命看作是宇宙的本质，以实现生命本能力量的要求，其根本目的就在于把"生命"从传统理性的束缚中解放出来，获得生命的自由和创造精神，除了"生命"自身价值的实现之外别无他物。

以尼采和柏格森为代表的这种反传统理性，重视生命自身强力意志的哲学，毫无疑问对于身处历史转折时期的中国现代作家具有强烈的诱惑力。对于中国现代作家来说，他们身处五四思想解放的历史环境中，最根本的任务就是要以个性反叛封建理性的束缚，把人从封建伦理道德的奴役中解放出来，以谋求现实人生的完满，这一点与肯定生命、解放生命的尼采、柏格森、弗洛伊德诸人相比较，尽管其历史背景有差异，但对人生的态度却是一致的。因此中国现代作家大都从个性自由的角度去接受了现代西方哲学，对西方现代哲学中所透露出来的那种个性的强力意志精神表示了由衷的欢迎。但是，西方的现代生命哲学是否在完整的意义上被中国现代作家所接受呢？如果没有接受，它又是以一种什么样的形态而存在着呢？

鲁迅之于尼采很显然是从重个人、反传统、启蒙国民觉醒、探索救国救民的真理的角度去认识他的。鲁迅在《文化偏至论》中曾援引了尼采超人哲学的学说，以论证"重个人"的必要，提出了"掊物质而张灵明，任个人而排众数"的思想，这一思想显然是以尼采为起点，又是以尼采为归宿的，但是对于"个人"的理解却是有所不同的。鲁迅曾说："凡个人者，即社会之一分子夷隆实陷，是为指归，使天下人人归于一致，社会之内，荡无高卑。此其为理想诚美矣，顾于个人殊特之性，视之蔑如，既不加之别分，且欲置之灭绝。……况人群之内，明哲非多，伧俗横行，浩不可御，风潮剥蚀，全体以沦于凡庸。非超

— 11

越尘埃，解脱人事，或愚屯罔识，惟众是从者，其能缄口而无言乎？"在此鲁迅所强调的个人是有独立思想、独立见解、且有勇猛精神的个人，而这个"个人"又是以传播真理，以启蒙民众觉醒为己任，因而我们看到同是强调个人，但是尼采和鲁迅却有着很大的不同，鲁迅仅仅是把尼采哲学中那一个敢于反抗一切固有理性规范、敢于创造的超人精神与自己具有启蒙理性、具有以求国民大觉醒的社会责任感的人联系在一起，突出强调了个性的独立进取精神，而抛弃了其对于生命本能的独特见解，更多地接近于西方张扬自我的浪漫派哲学。

　　郭沫若与西方现代哲学的关系也表现出和鲁迅极为相似的特点。五四时期，郭沫若哲学的内容比较复杂，但其基本精神与西方浪漫派的哲学相似。他说："泛神便是无神，一切的自然都是神的体现，自我也只是神，一切自然只是自我的表现。"[①] 在这里他由斯宾诺莎的泛神的观点推演出万物皆是神的体现的观点，又由我与自然都是神的体现，发现了人与神根本相同，推演出我即是神的主张，把自我提高到派生世界的位置，阐明人的自由和无限的创造力，这正如谢林、黑格尔等把人绝对的客观精神提到精神发展的顶峰，由绝对精神是自由和无限的，进而阐明人的心灵是绝对的无限的道理一样。郭沫若与他们不同的是，他又常常把存在于自然和自我之外的"神"转化为"宇宙意志"和"Energy（能量）"，认为"宇宙自有始以来，只有一种流行，只有一种大力活用"[②]。郭沫若的这一发现显然是来自尼采和柏格森的生命哲学，当人与宇宙意志合一的时候，郭沫若的"自我生命"具有自由的性质，而且还具有积极奔腾、一往无前的创造精神。但在这里我

---

①② 郭沫若：《沫若文集》第 10 卷，人民文学出版社 1959 年版，第 178、166 页。

们很明显地看到，西方现代生命哲学在郭沫若这里不具有独立的完整意义，也并未从"生命"出发去理解宇宙的一切现象，仅仅在"个性发展"这一点上接受了生命哲学的主张，因此在他由西方哲学重新回到孔子的时候，他认为："孔氏认出天地万物之一体，而本此一体之观念，努力于自我扩充，由近而远，由下而上，横则齐家、治国、平天下，纵则赞化育、参天地、配天。四通八达，圆之又圆，这是儒家伦理的极致，要这样才能内外不悖而出入自由，要这样人才能安心立命，人才能创造出人生之意义。"① 在这里郭沫若显然对孔子原有的思想有所曲解，而主要是借助于孔子说出了他自己的思想。他的这种追求说明了西方现代生命哲学的强力意志精神只不过强化了他那具有社会责任感的人格力量，这一点在他的《生命的文学》一文中表现得更为突出。在这篇文章中，郭沫若把整个宇宙的根本归结为 Energy 的交流和创造，就这一点来看，郭沫若与尼采的"宇宙意志"和柏格森的"生命的动流"似乎并未有多大的区别，但是当他把 Energy 与生命和文学联系在一起的时候，Energy 所具有的意义则与尼采的"宇宙意志"和柏格森的"生命的冲动"发生了很大的变化，在尼采的哲学中具有强力意志的人所要追求的是自我生命的高度发展，并且这种发展伴随着对痛苦和死亡的征服，美好和谐世界的乐观追求与此没有多大联系，柏格森也同时认为，获得生命冲动的人是绝对自由的人，他超脱了善恶的限制。在郭沫若的思想中获得 Energy 的人则不是这样，他说："生命的文学是必真、必善、必美的文学，纯是自主自律底必然的表示故真，永为人类 Energy 底源泉故善，自具光明，谐

---

① 郭沫若：《沫若文集》第 10 卷，人民文学出版社 1959 年版，第 42 页。

乐、感激、温暖故美。真善美是生命底文学所必具之二次性。"在这里获得了 Energy 的人，不仅要追求个性的自由和纯真，而且还要担负起改造人类的使命，去追求光明温暖和谐的世界。在这一点上，郭沫若显然又离开了尼采和柏格森，与西方浪漫主义相似，同时也与五四特定的社会历史要求联系在一起，以个性的富有理想的心灵来担负起启蒙民众觉醒，走向美好未来的历史性责任。此外，茅盾、郁达夫和狂飙社中的作家都具有这种倾向，在他们的思想中，他们所强调的"人"的解放，总是与"全体的人"而不是"单个的人"联系在一起。

由于西方现代哲学与中国现代作家发生联系时这种特殊的表现形式，也就决定了中国现代作家并没有把"个人"作为一个独立自主的整体加以极端地强调，而是在个人与社会和民族的发展中强调"人的个性的自由"，因此中国现代作家也就不可能对尼采和柏格森的生命哲学作全部的横向移植，而是从历史和时代的要求出发，把尼采的"超人"学说与个性的自由联系在一起，把尼采以强力意志彻底反传统的精神与他们反叛封建道德传统的社会性目标联系在一起，以达到人的解放和民族解放的目的。鲁迅曾把易卜生、尼采、托尔斯泰等人一起称为"近来偶像破坏的大人物"，赞扬他们"不单是破坏，是大呼猛进，将碍手碍脚的旧轨道不论整条和碎片一扫而空"（《再论雷峰塔的倒掉》），而"旧像愈摧毁，人类便愈进步"。郭沫若认为，尼采的思想是以"反抗有神说的宗教思想""反抗藩篱个性的既成道德""以个人为本位而力求积极发展"[①] 为核心。郁达夫则称，尼采是"主张个性的尊

---

① 郭沫若：《沫若文集》第 10 卷，人民文学出版社 1959 年版，第 12 页。

严，环境的破坏"①的哲学家。茅盾则认为，尼采最大也是最好的见识就是"把哲学上一切学说，社会上一切信条一切人生观、道德观重新称量过，重新把它们的价值估定……扫荡一切古来传习的信条，把向来所认为的绝对真理的根本动摇"②。也是从这一点出发，茅盾呼唤着能横扫社会上种种暮气，积极创造高瞻远瞩、英勇善战的新型的人，从这种新型的人格出发，才能有助于改造萎靡的国民品性。被鲁迅称为"狂飙社进军的鼓角"的向培良的作品，所反叛的也是虚伪的请安、打拱、要皇帝、恭维执政的卑劣性情，狡猾、敏捷地躲避的奴性品格。由此看尼采的强力精神、反传统的无畏精神正是中国现代作家接受尼采学说的最基本出发点。

值得注意的是，当中国现代作家以尼采式的个人反抗精神和谋求社会发展的热情走进中国社会的时候，我们看到他们在中国封建传统积习深厚的社会环境中，则陷入了孤立无援的悲苦境地里，他们大多感受到了一种悲剧式的人生体验，个人总是要受到有形无形的各种社会力量的纠缠，在这样一种社会历史环境中，富有尼采式个人生命自由精神的人应该采取一种什么样的态度呢？在这里我们看到中国现代作家由于个人气质和人生态度的差异带来了他们并不完全相同的抗争方式。对于鲁迅来讲，他是在黑暗险恶的社会环境中进一步强调了尼采的强力意志精神，用力量和意志去抗争一切邪恶，不怕流血和路途的坎坷，只是大步地向前走去，前面是坟墓或鲜花，对于前进的"过客"都无所谓，他所需要的就是在"无物之阵"中举起投枪。在这里

---

① 《郁达夫文集》第五卷，花城出版社、三联书店香港分店 1982 年版，第 69 页。
② 茅盾：《尼采的学说》，《学生杂志》第 7 卷第 1—4 号，商务印书馆 1920 年版。

鲁迅站在现实土地上的个人反抗精神无疑带有尼采式的强者色彩。而郭沫若在这个问题上则缺少鲁迅对现实的韧性战斗精神，更多地表现出理想的创造特质，他们在体验到现实的悲剧性纠缠时，不是脚踏现实的土地，发挥尼采的生命强力意志精神，而是由对现实的厌倦回归到生命本身，张扬生命本身的创造力量，带有浓重的理想化倾向，郭沫若号召人们要"秉着动的进取的同时是超然物外的坚决精神，一直向真理猛进"[1]，郁达夫则说："真正的艺术家是非忠于艺术冲动的人不可的，若有阻碍这艺术的冲动，不能使它完全表现的时候，不问在前头的是几千年传来的道德，或几万人遵守的法则，艺术家应该勇往直前，一一打破，才能说尽了他的天职。"[2] 在这里我们看到郭沫若和郁达夫的思想更接近于柏格森，而与鲁迅式的尼采精神有别。

通过如上论述可以看到，中国现代作家是从以个性启蒙民众觉醒的现代中国历史的要求出发去接受西方现代哲学的，也就是说，他们在接受西方现代哲学时，是在其追求人的解放和民族解放的双重历史使命下进行的，因此他们也就不可能与"彻底强调自我生命"的西方哲学走到同一终点上去，这是因为在 20 世纪 20 年代中期以后马克思主义哲学传入中国，他们从那里开始认识到了社会革命和解放的具体途径，同时也看到了民众组织起来所具有的强大社会力量，而这一点在西方现代哲学那里是找不到的，这也就必然带来了中国现代作家思想的转化，而开始疏远或抛弃西方现代生命哲学。

---

① 郭沫若：《沫若文集》第 10 卷，人民文学出版社 1959 年版，第 13 页。
②《郁达夫文集》第五卷，花城出版社、三联书店香港分店 1982 年版，第 69 页。

三

通过如上论述，我们看到西方现代生命哲学为中国现代作家独立人格的形成起到了极为重要的作用。当人一旦从社会的束缚中解放出来，能够站在生命自身的角度反审自身的时候，中国现代作家在美学观点上也大都表现出与西方现代主义美学观点相一致的内容来。

（一）对于自我潜意识心理内容的重视

中国现代作家大都是以"人的个性生命的独立"为追求目标的，这也就必然带来他们在美学观念上对于人的主观性的重视，但对于人的主观性的重视并不标志着他们就趋于西方现代主义，因为西方浪漫主义也是重视人的主观性的，体现着西方现代主义美学观点的是对于人的潜意识的重视。在西方哲学史上，人们就曾认为尼采确立了人的独立生命意义，而弗洛伊德则打开了人们对于生命内涵的认识，因此弗洛伊德对于中国现代作家的影响是不容忽视的。众所周知，弗洛伊德把人的心理过程分为意识、前意识和无意识三个部分，认为意识支配人的精神生活正常进行，前意识是意识附近的心理，它只是因为与目前实际生活关系不大才离开意识，但可以较快较方便地回到意识领域；无意识虽然处在最深处，却是人类精神心理最原始的因素，它总是力图在行动中表现出来，时刻为得到自我满足而斗争，只有当它在意识中唤起焦虑、羞耻或某种罪恶感时，才被压抑住。在弗洛伊德看来，艺术创作就是这种"无意识升华"的结果，这是因为人既是强有力的，但同时又是不幸的，他并未感到自己幸福，要解脱这种意识到的痛苦，就要进入"梦"的幻化境界，进入到无意识或潜意识的境界，这样人便抛开了沉重的生活压迫而获得了欢乐，因此弗洛伊德认为，幻想产生于不满足和人的不幸，他指出幸福的人是绝对不幻想的，所以每一个幻想都是在实现愿望，都是对不能令人满足的现实的修正。

幻想——愿望的动机是各式各样的，带有各人的特点，但主要有两个方面：虚荣心和情欲的愿望。这种幻想的产生，个别的幻想，空中楼阁或"白日梦"，我们不应该把它们想象成凝固不变的东西。它们毋宁说更能适应变动着的日常生活影响，随着生活状况的每一变动而变动，由每一新的印象的作用而获得所谓"时间的烙印"。弗洛伊德的这一原理在西方现代主义文艺实践中占有重要地位而产生了作品艺术结构的超时间性原则，在一部作品中，过去、当今和未来的东西都贯穿于一现即逝的愿望之丝上。

弗洛伊德的这种美学主张在中国现代作家的灵魂中得到过共鸣。鲁迅《狂人日记》无疑融合进了弗洛伊德美学观念的某些内容，而《补天》则是直接取了弗洛伊德学说，来解释文学的缘起。[①] 郭沫若在《批评与梦》《〈西厢记〉艺术上的批判与其作者的性格》等文中认为，以性欲生活之缺陷为一切文艺之起源，或许有过当之处，然如我国文学中的不可多得的作品如《楚辞》，如《胡笳十八拍》……我想都可以以此说明。并且还直接用弗洛伊德精神分析学说创作了《残春》，他说："我那篇《残春》的着力点并不是注意在事实的进行，我是注意在心理的描写，我描写的心理是潜在意识的一种流动。"并且他还说："文艺的创作譬如在做梦，梦时的境地是忘却肉体，离去物界的唯心的活动。"我们可以看到弗洛伊德的美学观点从五四时期直到 20 世纪 30 年代的新感觉派小说始终在中国现代作家身上表现出某种诱惑力。当然由于中国现代作家对于人的个性生命内涵与西方现代哲学理解上的

---

① 鲁迅：《故事新编·序言》，《鲁迅全集》第 2 卷，人民文学出版社 1981 年版，第 341 页。

差异，也带来了他们对于弗洛伊德"心理分析"学说的某种误解，对于这一点本文就不作详述了。

（二）对于艺术生命冲动和直觉的强调

尽管中国现代作家对于西方现代哲学的理解和接受带有极为浓重的中国化特点，但是当他们在西方现代哲学的影响下，把人的个性生命加以强调时，在艺术创作过程中，"生命冲动"和"直觉"等与艺术活动紧密相关的内容都不同程度地在现代作家身上表现出来。这一特点又突出地表现在具有浪漫主义倾向的现代作家中。这是因为浪漫主义者所重视的是人的主观性内容，而"生命冲动"和"直觉"等艺术活动现象又是与人的"主观性内容"紧密相联的。郭沫若曾说过这样一段话："我想诗人和哲学家的共同之点是在同以宇宙全体为对象，以透视万事万物底核心为天职，只是诗人的利器只有纯粹的直观，哲学家的利器更多一层精密的推理。诗人是感情的宠儿，哲学家是理智的干家子……诗人虽是感情的宠儿，他也有他的理智，也有他的宇宙观和人生观。"[1] 郭沫若在此虽然肯定了诗人所应有的理智，但他把"直觉"看作是诗人的基本特征和认识世界的根本手段，无疑与柏格森有着某些相同之处，在柏格森看来，直觉是精神实质本身，在一定意义上也是生活本身。哲学应当掌握直觉，预先学会正确利用本能。郁达夫则认为："艺术既是人生内部深藏着的艺术冲动，即创造欲的产物，那么，当然把这内部的要求表现得最完全最真切的时候价值为最高。"[2] 把"直觉"和"生命冲动"看作是

---

[1] 郭沫若:《沫若文集》第 10 卷，人民文学出版社 1959 年版，第 208 页。
[2]《郁达夫文集》第五卷，花城出版社、三联书店香港分店 1982 年版，第 90、94、69 页。

艺术最根本性活动的现代派艺术观念，通过"表现自我"的抒情艺术，在象征诗派、新月诗派、现代派等作家那里都留下了不同程度的印痕。

（三）文艺是无目的的表现

伴随着现代作家对于"生命冲动""直觉"等艺术活动的重视，他们也不同程度地表现出某种反理性的倾向，认为文艺是无目的的表现。这种美学观点在郭沫若、郁达夫、田汉等人的文章中都有过十分真切的描述，但是他们对于文艺无目的的要求并不像西方现代哲学所表现出来的美学观念那样直接明了，他们总是在文艺无目的性要求与社会活动之间产生深刻的内在矛盾，也就是说，他们一方面认为文艺是无目的的"情感自然流露"（郭沫若语），作品的"社会价值及伦理价值，作者在创作的时候，尽可以不管"（郁达夫语），另一方面又要使艺术具有启人心智的作用。这种矛盾的美学观念，与他们在接受西方现代生命哲学的过程中的变形有关。西方现代生命哲学是在与社会的尖锐对立中，把生命作为一个独立的实体来看待，并不强调生命的社会伦理意义，因此他们可以把艺术的目的仅仅归结为生命本身，而主张文学的无目的、反理性原则。中国现代作家虽然接受了西方现代生命哲学的"生命强力"精神，但他们是把生命和社会联结在一起来思考生命的，这样从生命出发的反理性原则与从社会出发对生命的思考就必然地发生对立性矛盾。

通过如上论述，我们看到西方现代生命哲学为中国现代作家对"个体生命"的认识打开了一条深刻的思路，建立在西方现代派哲学基础上的西方现代派文学对中国现代作家产生广泛影响也就是必然的历史性现象了。

象征主义：忧郁与纯美 *

1857 年，惊世骇俗的《恶之花》像"光辉夺目的星星"（雨果语）出现在法国诗坛，继后魏尔伦、马拉美、兰波、瓦雷里等人步涉波特莱尔后尘，竞相争辉，形成了举世瞩目的象征主义文学思潮。在 20 世纪初，当中国文学冲破传统束缚与世界文学发生广泛联系的时候，也是法国象征主义成为世界性文学思潮之际，因此象征主义文学也就必然地与中国新文学发生了广泛而又深刻的联系，以其异域的新声唤醒了东方古国的诗魂。

一

源起法国的象征派诗歌、戏剧是我国新文学中影响最大也是介绍最早的一个派别。早在 20 世纪初鲁迅、周作人合译的《域外小说集》中，便收了俄国象征派作家安特来夫、迦尔洵等人的十多篇小说和寓

---

* 该节原载《文史哲》1998 年第 1 期。

言，其后《新青年》《新潮》《东方杂志》《少年中国》等刊物都发表了有关象征主义作家及其诗歌和戏剧的评介文字。在时代的内在要求和艺术自身规律的制约下，对西方象征主义的广泛介绍必然在文学创作上引发出美丽的艺术之花。纵观中国新文学的整个文学创作，我们可以看到象征主义对新文学创作的影响有如下三个方面的表现：（1）象征主义与现实主义的融合，其代表作家是鲁迅。他在《域外小说集》所附的《杂识》中称安特莱夫的作品"其文神秘又深，自成一家"，称迦尔洵的作品"文情各异迥殊凡作"。在《现代小说译丛》中又称安特莱夫的创作是"又都含着严肃的现实性以及深刻的纤细，使象征印象主义与写实主义相调和，俄国作家中，没有一个人能够如他的创作一般，消融了内面世界与外面表现之差，而现出灵肉一致的境地，他的著作虽然很有象征印象气息，而仍然不失其现实性的"。鲁迅的作品《狂人日记》《长明灯》等作品就用扭曲变形的方式把人物浓缩到几乎去形存义的状态用以象征现实内容，带有明显的象征主义文学的特点。而鲁迅《野草》的象征主义特点就更为突出，《野草》不仅在想象与现实的交叉中，把零星的现实物象化为深不可测而又意味深远的境界，揉化进深邃的现实内容，而且在一些篇章中还在现实与想象的交叉中，赋予诗篇超越现实具体生活的内容而具有更为广阔的象征意义。

（2）在五四新文学中，象征主义不仅与现实主义艺术原则合而为一，同时也和以郭沫若、田汉等人为代表的浪漫主义艺术原则发生了深刻的联系。对于郭沫若来讲，他与象征主义之间的联系主要是在艺术手法的运用上，他在《批评与梦》中曾写道："真正的文艺是极丰富的生活由纯粹的精神作用所升华过的一个象征世界。"他在《神话的世界》一文中又说："他（指具体的世界——引者注）可以使我们对于无知的自然界如对亲人，他可以使我们听见群星的欢歌，听见花草的笑语，使我们感觉得日月的光辉如受爱人的接吻，窥探得岩石的秘密如看透明的水晶，一切平面都变成立体，一切无情都变成有情，我们的坟墓变成为母胎，我们的活尸也才从母胎中再诞。"

郭沫若的如上表述显然是从诗歌艺术创作的基本美学原则去认识所谓的象征主义，并且基本上属于浪漫主义"泛灵论"的范畴，但同时也使我们想到世界是一片象征的森林，万物之间息息相通，味觉、触觉等都可以相互转换的象征主义美学原则。田汉曾在 1921 年写过《恶魔诗人波陀雷尔的百年祭》，刊登在《少年中国》上。他的剧作《灵光》所创造的"绝对之国""欢乐之都""凄凉之境"将"眼睛看不见的灵的世界"以另一种真实显示了出来，与象征主义剧作家梅特林克的《青鸟》所创设的"夜之宫"、幸福之宫、未来之国，有着极为相似的一致性，但"象征"的境界所蕴含的内容则与象征主义截然不同。田汉不是用"象征"来表现个人价值不被社会理解的忧郁痛苦，而是用象征的手法表现他那种浪漫的理想的善良的情思。

（3）如果说象征主义思潮在中国新文学的小说和戏剧中主要表现为一种艺术表现手法与现实主义和浪漫主义的统一创作过程，那么，在诗歌领域则形成了一个以李金发为代表的中国象征主义诗歌文学思潮。其主要代表作家是 20 世纪 20 年代的象征派诗人和 20 世纪 30 年代的现代派诗人，对于 20 世纪 40 年代的九叶诗人来讲，他们虽然仍旧有着象征主义诗歌的某些特点，但在诗的总体性及思想内容上已经和西方象征主义发生了很大的区别，开始把象征主义融入现实主义中。这一特点也表现在由 20 世纪 30 年代进入 20 世纪 40 年代的现代派诗人何其芳、戴望舒、卞之琳等人的创作中，因此 20 世纪 40 年代的九叶诗派和何其芳、戴望舒、卞之琳等人的诗歌创作已经不能看作是中国文学中象征主义的余绪，只能看作是象征主义向现实主义自觉转折中的一种表现形态，本节对此就不作论述了。

中国的象征主义诗人大都强调诗歌艺术的暗示和音乐性，强调感觉和想象，以此去创造那种缥缈不定、朦胧幽深的诗歌意境，把苦闷的忧郁和梦幻的哀伤以及内心个性追求不能实现的骚动困扰作为诗歌艺术的表现主题，具有十分明显的西方象征主义特点，虽然这些诗人有些仍旧带有浓重的浪漫气息（王独清的诗歌），但从总体上看浪漫主义已不是贯穿其篇章的主要艺术表现方式。

当我们对中国新文学中与象征主义文学相关的三种存在形态作了简略地说明之后，我们就有充分的理由确定本节所论述的宗旨了，这就是以李金发为代表的象征派诗歌、20 世纪 30 年代的现代派诗歌为主要论述对象，同时对其他兼有象征主义特点的作家附带提及，以期对中国新文学中象征主义的特点以及与西方象征主义的区别和象征主义进入中国文学内在历史的、社会的、艺术的必然性作一探讨。

二

西方象征主义文学思潮在发展过程中的代表人物波特莱尔、魏尔伦、马拉美以及瓦雷里等人的文艺美学观点和对诗歌的追求并不完全一致。波特莱尔曾把包含有生活热忱的忧郁性特征看作是诗的最高表现境界，瓦雷里则认为诗的世界和意境与梦境相似而同实际事物无关，从而提出了"纯诗"的理想，要求诗首先要探索词语的各种联想之间的关系所引起的效果。虽然象征主义诗人之间的美学观念有着某些差别，但他们的这种区别仅仅是侧重点的不同而已。实质上"忧郁的梦幻情思"与"诗的纯美理想"是他们共同具有的追求，只不过波特莱尔与魏尔伦更多地强调前者，而马拉美和瓦雷里则把后者作为第一要义。因此当我们把中国新文学中的象征主义与西方象征主义相联系说明中国象征主义的特点时，象征主义文学的这两大特点便构成了我们所要论述的核心。

"忧郁的情思"里包含着生活的热忱是中国和西方象征主义所共同具有的一个突出特点。那么这种不幸的忧郁之美是如何形成的呢？面对这种"忧郁的不幸"，人在生活中又是一种什么样的态度呢？

"忧郁"作为自我理想与社会现实相对立而产生的一种思想情绪，在西方象征主义诗人那里是以个人的自由和价值追求与社会现实的尖锐对立而引起的。从19世纪中期以后至20世纪上半期西方社会的一个重要特征是矛盾重重，危机四伏，各个阶级、阶层、集团之间的斗争空前激烈，他们在不断地分化和重新组合，这使整个社会在政治、经济和思想文化方面都处于动荡不定的状态。在这样的背景下，人的个性自由追求和理想无疑陷入了社会的矛盾冲突中备受践踏，因而波特莱尔认为世界是残酷的，而马拉美则认为诗人的处境"正是一个凿墓穴的孤独者的处境"。由此象征主义者大都认为"自然"和"现实"是"残杀"和暴虐，诗人应该脱离自然，进入自己绝对自由的梦之境界，以发挥自己的个性，这样一来我们可以看到在西方近代文化中所洋溢着的那种理性精神开始瓦解，而被一种人类生存的危机感和悲观意识所代替，痛苦的心灵便被"忧郁"的情思缠绕。对于中国的现代知识者来说，他们面临的也同样是个性自由生存愿望与黑暗社会现实的尖锐对立。我们知道20世纪初在中国大地上所掀起的伟大的五四解放运动，是以个性的自由反叛封建传统的束缚，以谋求人的解放为目标的，但是在缺乏西方现代理性得以广泛传播、封建势力十分强大的历史背景下，在中国现代革命历史进程所存在的内在矛盾的纠缠中，"人的个性解放"在1925年左右便显露出自身的悲剧性特征。正如郭沫若所说："我们没有这样的幸运以求自我的完成，而我们又未能寻出路径来为万人谋自由发展的幸运，我们的内部要求和外部条件不能一致。我们失却了路标，我们陷于无为，所以我们烦闷，我们倦怠，我们漂流，我们甚至常想自杀。"[①] 这种苦闷忧郁之思正是这一时期现代知识者的普遍性心态。也正是在这种历史条件下出现了象征主义的文学作品，乃至开始形成了一个独立的流派。在 20 世纪 30 年代具有象征主义特点的诗人则是自我的个性理想在与半封建半殖民地社会的对立中惨遭蹂躏，他们感到青春与人生是那样的渺茫，人的命运是那样的不幸。他们又怎么能不生出忧郁的梦幻呢?

在中国的象征主义诗歌里，"忧郁"在很大程度上不是在对社会整体性否定的基础上，对"人的生存意义和价值"无限度寻求而又不能如愿的困扰，不是在"自我"与社会的对立中，极端地走向自身，发现生命存在危机的情思，而是在个性生命热忱与社会现实的对立中，对引起生命发展困境的社会性问题的思考，因此我们看到中国象征派诗歌的忧郁往往是与具体的社会性问题联系在一起。李金发的诗要表现的是"对于生命揶揄的神秘及悲哀的美丽"。对生命欲的揶揄，在李金发的诗里就具体地表现为个人与社会的对立中个人自身的忧郁感伤：飘零异域的愁思，失去恋情的哀叹，个人受社会蹂躏后的苦闷等成为其诗歌表现的基本内容。因此中国的象征主义者普遍地表现出一种倾向，这就是对民族社会命运的强烈关注。在他们看来社会如果变得美好起来，他内心忧郁也许就会转化为一种快乐的欢欣，对于现实的关注远远超过了他们对于人类所存在的一些永恒性问题的思考。这样一来，由于他们不是把"人"放在哲学的高度，从人类生存的困境出发去看待这种忧伤，所以"他"就缺少在罪恶和黑暗中傲然承担这种苦难的能力，缺少直面现实缺陷和永不停息追求的个人强力意志精神，而总是要寻求解脱。因此

---

① 郭沫若：《文艺论集续集》，人民文学出版社 1979 年版，第 7 页。

我们看到"夜"这一中西象征主义者都着力表现的主题却表现出极为不同的特点。李金发笔下的"夜"虽然充满了悲愤，记忆发出奇臭，"我们之躯体，既遍染硫磺"，但他所希冀的则是"枯老之池沼里，终能得一休息之藏所么？"（《夜之歌》）穆木天《夏夜的伊东町里》却有胖胖的农家姑娘，朴素的老妇，有柳荫中的插花，河边的泊舟和那朦朦胧胧的灯光……这是一个清新幽深的田园之境以慰他疲惫哀伤的心，石民却愿在夜晚"悠悠地凭着清仙以浮游"，"而且如白云之抱明月以长终"（《良夜》）。 20世纪30年代现代派诗人戴望舒笔下的《夜》，是那样的清爽和温暖，飘着青春与爱的香味……，何其芳的《圆月夜》则充满了柔美的情意，羞涩的花瓣被吻红了，摇坠了眼里纯洁的珍珠……，在这里，我们看到中国象征主义诗人笔下的"夜"是受伤的灵魂得以抚慰的归宿。而在波特莱尔和魏尔伦的笔下，"夜"则是一个溢满了强力意志精神的人对于不幸的诅咒和敢于承担这种苦难的心灵以及对于人类命运的思考。波特莱尔笔下的夜晚，充满了邪恶的魔鬼，"卖淫在各条街巷大显身手"，"以赌博为乐的客饭桌旁"，"聚满了婊子和骗子"，无情的贼子撬开人家的大门，"为了混上几天，给情夫穿衣裳"（《黄昏》）。魏尔伦《夜的印象》则挂满了绞架的萎缩的尸身，士兵持枪走路，对着雨的长矛寒光闪闪。他们两人是以这样痛苦凝重的笔触展现夜的罪恶，如果一个人没有对生命自身的强力发现，是没有胆量赤裸裸地描写这种罪恶的。由此可以说中国的象征主义者对于人不幸命运的把握是软弱的，他们的个性意志也是不怎么强大的。在中国具有象征主义特点的诗歌中，唯有鲁迅的《野草》在对人的命运的把握上达到了现代性的世界高度，在他的笔下也有"夜"，夜里有惨遭蹂躏的粉红色的小花，有闪着许多遗憾的眼睛的天空，有夜游的鸟，更有那直刺青天的枣树。尽管他孤独而又处境险恶，但他仍然默默地铁似的直刺着奇怪而高的天空。看到现实的不幸与险恶而毅然抗击这种黑暗的精神，正是鲁迅和波特莱尔在思想上所具有的一致性，鲁迅对现实问题的思考升华为一种人类命运的思考，而且有了哲学的深度。中国象征主义诗歌中"忧郁与哀伤"的内容所呈现出来的具体性、现实性特点，一方面使他们对于人自身价值的理解与西方象征主义者有别，另一方面则表现出他们一种强烈的社会使命感和献身精神。他们的眼光往往由个人的忧郁转向对社会的关注，在个人与整个民族的历史联系中确定自己的行动目标。鲁迅始终关注着民族的命运和国民的灵魂是人所共知的事实，就是李金发、冯乃超、王独清等较为典型的中国象征主义者，也把改造国民的命运看作是自己的追求，他们不时地从纯美的宫殿走进纷扰动乱的现实世界。20世纪30年代的何其芳、戴望舒等人在民族遭受殖民者践踏的背景下，则不无痛苦而又欢欣地抛弃了自己以往"诗美"的追求，走向了现实主义的艺术道路。何其芳在致吴天墀的一封信中有一段话典型地说出了20世纪30年代现代派诗人的心态，他说："两年多来，我很肯定地认为一个人应当怨天尤人——这个成语是有毛病的，我的意思着重在'尤人'。……这两个旧字眼是不大体面的，因为令人联想怀才不遇的意思。而我一点儿也没有的……我之牢骚并不是纯粹从个人出发而是对着整个社会环境，所以若是愿意用冠冕堂皇一点儿的话说，就是不满意现状。"不满现状的"忧郁"往往转化为对现状的改造和批判，对光明的向往和寻求，因此到20世纪40年代九叶诗人的时候，我们看到他们的心态已经与整个民族解放联系在一起，而与西方象征主义极端关注自我的思想拉开了距离。

三

"包含有生活的热忱而又遭遇不幸的忧郁和哀伤"作为中西象征主义的基本表现内容，他们大都要求通过诗的象征和暗示、想象和音乐性加以表现，并且还要造成这样一种效果："能引起人的揣摩和猜想""能引起愁思的迷蒙梦境。"也就是一种"纯艺术"或"纯诗"的境界，他们之所以要达到这种目的，从社会学的意义上讲，是他们反叛社会，以"纯诗"对抗现实、以幻想的美支撑起个性灵魂的结果。从艺术自身来看，是因为他们认为：我们具有的每一种情绪和感觉，我们每一刹那的意识，都是各个不同的。因此我们不可能通过普通文学的常规和一般的语言来恰如其分地传达我们的感觉，每个诗人都有自己独特的个性，他意识中的每一个顷刻都有特殊的音调，以及这各个因素相互联系的独特方式，诗人的任务就是去发现创造那唯一能够表现他的个性的情绪的语言，这一种语言必须使用象征。这种象征是特殊的、多变的、朦胧的，因而不可能经由直接的陈述和描绘来表现，而只能通过一系列的语调和形象暗示给读者，所以象征主义者坚信，诗歌当产生出有如音乐一般的效果。

中西象征主义诗歌虽然都重视诗的想象、比喻、暗示和音乐性特点，以达到神秘朦胧的境界，但在诗的整体效果上则有差异。朱自清在谈到李金发的诗时曾说过这样一段话："他的诗没有寻常的章法，一部分一部分可以懂，合起来却没有意思，他要表现的不是意思而是感觉或感情，仿佛大大小小红红绿绿的一串珠子，他却藏起那串儿，你得自己穿着瞧。"[1] 他又说这是法国象征派诗人的手法。朱自清先生的这一段话的确说出了李金发诗歌的特点，但运用于西方象征主义诗歌则未必确切，凭我的阅读经验，西方象征主义诗歌往往局部意念难以弄清，而整体感觉则相当完整，也就是说在奇特意象的联结和组合中能够显现出一个朦胧神秘的忧郁世界。为什么会出现这种情况呢？在这里牵扯到中西象征主义者的基本艺术观念和艺术的感知世界方式之间的差异。

---

[1] 朱自清：《中国新文学大系·诗集导言》，上海良友图书印刷公司 1935 年版。

西方象征主义者对于诗歌的想象、象征、暗示、音乐性特点的重视是建立在对现实的直接否定基础之上的。波特莱尔就把自然理解为残杀和暴虐，主张艺术须脱离自然，纯从人的地位和艺术家所独有的观点出发，运用想象达到美的境界，由此他特别强调个人的感觉、官能、情绪并使想象绝对化。马拉美则认为诗人所面对的世界应该是"纯粹观念"的、"永恒"的世界，诗人需通过直觉才能把握这个世界。瓦雷里则要求诗人描绘所感觉的世界的幻象，这个世界的幻象也就是赋予内心的观念以感性的外衣。西方象征主义者大都把诗看作是个人主观的产物，既无法为理性所把握，也不能直抒胸臆，只能借助于自我感觉的意象来暗示，这也就是"象征"的诗境，或叫"思想知觉化"，即为抽象观念和不可琢磨的内心隐秘找到了"客观对应物"（艾略特），建立了"情绪方程式"（庞德）。当西方象征主义诗人从哲学的意义上确立了诗的表现对象是自我纯粹的主观世界，而客观世界是自我主观的象征对应物时，他们的诗歌创作过程就是一个整体的客观世界与主观世界以直觉方式相互对应的过程，因此尽管诗中的个别句子难以理解，但诗的整体意境则是完整的。

中国的象征主义虽然也是把诗人的主观世界与客观对立起来以表现人的主观世界为核心，但他们的主观世界亦不具有西方象征主义那种哲学意义上的完整性，而更多地表现出一种生活的具体性与诗人主观世界相互交叉的特点。李金发曾说，世界任何美丑、善恶皆是诗的对象。诗人能歌吟人，但所言亦不一定是真理，也许是偏执与歪曲。我平日作诗不曾寻求和表现真理的观念，只当他是一种抒情的推敲，字句的玩艺儿（李金发《诗问答》）。在这里李金发是把自我一些无目的感觉拼凑在一起去抒发感情，这也就必然带来了诗的局部清晰而整体"无意思"的特点。这种诗歌艺术境界的不同实质上牵扯了两种不同的文化精神在李金发身上的对立与冲突。西方近现代文化的核心无疑是对于"人的发现和寻找",他们那种哲学思辨意识和对于人自身的大胆肯定,使他们有可能把人从具体中抽象出来,发现人的灵魂特质,而我们中国的传统文化则明显地表现为一种"实践理性精神",对于具体事物的重视以及对于现世的热情往往使我们不能在哲学思辨的深刻性上去探究人的存在价值。当李金发在西方象征主义影响下返归人自身,去表现自我的内心世界时,他对于现实的把握也就未能在"有一个哲学观念"的统一中达到完整,而呈现出艺术直觉的某种具体性和散乱性的特点,也许20世纪30年代的象征派诗人看到了早期象征主义的这种弱点,所以他们在接受西方象征主义的基本艺术观念的前提下,又特别推崇古典传统诗歌,卞之琳说过:"亲切"与"含蓄"是中国古诗与西方象征诗完全相通的特点。废名在《谈新诗》的书中明确提出现代派诗是温庭筠与李商隐一派的发展。现代派诗人的这种追求,在很大程度上是为了弥补自己哲学意识的不足而在中国古诗中去寻找诗的境界的完整性特征。当他们一方面呼应着西方象征主义文艺是无目的、只为了抒发自己的幻想、感觉和情感的声音,一方面又没有那种思辨的哲学意识作为支撑的时候,传统诗歌那种感情中包含着理性、主观中又具有客观性内容、理性与情感合一的意境,自然成为其把西方象征主义中国化的最好途径。然而一旦走到这一步西方象征主义已不是完整意义上的自身而是成为中国的象征主义了。

中国新文学中象征主义诗派的出现无疑在某种程度上深化了人对自身的认识,但更为重要的还是在他们对艺术本身特征的探索过程中,为中国新诗开创了一条新的路子,丰富了中国新诗的艺术表现形式,形成了一个既不同于以郭沫若为代表的自由诗派,也不同于以闻一多为代表的格律诗派的象征诗派。以李金发为代表的象征诗派,无疑在中国新诗建设的历史过程中，吸取着异域的营养，为新诗的建设提供了新鲜的内容。

第三节
表现主义：创造与激情 *

在 20 世纪初，为反抗现实生活环境而呐喊，为挣脱印象主义艺术原则而倡导"表现"的表现主义文学思潮，在它刚开始出现的时候，便以其创造的渴望和对现实生存环境的强烈不满显现出其独特的价值。他们要求艺术突破事物的表象，表现事物的内在本质，要求艺术突破对人的行为的描写、揭示其内在的灵魂，要求艺术突破对暂时现象的抒写而展示永恒的本质和真理。表现主义这种不满于现状的艺术追求，不仅仅局限于文学艺术领域，从电影到音乐，从雕塑造型到建筑艺术，从日常生活到社会风尚……表现主义在社会生活的各个方面都表现了其对事物的独特崭新的看法。毫无疑问，它是德国文学运动中一次"新的狂飙突起"。

----

* 该节原载《山东社会科学》1998 年第 1 期。

表现主义作为一个值得人们深入研究的文学运动，已为世界大多数研究者所接受，表现主义文学思潮对中国新文学的冲击，也是一个引人注目的话题。本节也试图对此作一些探讨。

一

早在 20 世纪 20 年代，表现主义文学思潮便以其独特的魅力引起了新文学家们的关注。宋春舫的《德国之表现派戏剧》、幼雄的《表现主义的艺术》等文，无不对表现主义文学表示了由衷的赞赏之情，认为"惟德国之表现派新运动足当文学革命四字而无惭"。这是一种最勇敢的革命，一种"最新的艺术运动"。茅盾则把表现主义看作是德国文学对世界文学产生最大影响的一个潮流。郭沫若、郁达夫、向培良、高长虹等人则直接在文艺思想和创作过程中，吸取了表现主义文学的某些方面，创作了具有表现主义色彩的文学作品。

表现主义作品中，大都充溢着那种处在绝望中人心的热辣辣地要努力创造的精神，他们大多不满意于社会现状，面对自私、邪恶、暴力，他们呐喊、诅咒却不绝望，他们自信地自居于预言者的地位，导引着失却了自信力的德意志人走向光明。也可以说表现主义文学作品的基本创作母题就是反抗与创造。他们以无畏的精神否定现有的社会环境，又具有对社会环境加以改造的积极态度。表现主义文学作家的这一基本创作母题，毫无疑问会紧紧地抓住现代作家那以个性的独立自由来否定现实的创造性激情。换句话说，反抗与创造是中西作家所共同具有的一种思想激情。那么在作品内涵和美学原则方面两者的异同之处何在呢？

表现主义作为一种艺术流派在 1905 年首先出现于德国的造型艺术中，基于他们对于自由的热爱，他们反对一切压制个性的行为。然而，这种人类最美好的热情和愿望则与冷若冰霜的、异己的、威胁着它的外部世界产生极其尖锐的冲突，导致人生的绝望和恐惧感，这种人与外在黑暗现实的尖锐对立之中的悲剧性毁灭，构成了他们艺术作品的主要内容。表现主义造型艺术的这一特色在战后渗入德国的戏剧界。凯撒、托勒等戏剧文学家在经历了残酷的第一次世界大战之后，面临着内心与外部世界更加剧烈的冲突，更加体验到了强大的社会制度、法则和国家机器对人的摧残。因此，他们在尼采超人哲学的影响下，主张作家要成为宣告者和鼓励者，要用那种包容一切的巨大激情，使观众在神魂颠倒中紧张地张大嘴巴，表现出他们对现实的尖锐批判精神和反抗色彩，与注重灵魂的自由和上帝的启示、充满神秘主义气息的右翼表现主义作家表现出不同的特点，成为具有反抗和创造特色的左翼作家。正是这些作家对中国的现代作家产生了重大的影响。

就对中国五四现代作家产生影响的凯撒和托勒来看，他们的基本创作内容都是从"人"的自由和"人"的价值这一基点出发，去审视社会的丑恶，表现人在社会压抑下的悲剧性命运的。他们或表现心目中的新人形象，或对资本主义的剥削制度表示强烈的反抗，表现他们那种人道主义的精神。总之，人的价值与人的生存意义构成了他们审视人类活动的基本出发点，与此相悖离的种种行为都在"人"的光辉下被否定，呈现出对现实社会的否定与反抗精神。同时，对于人的一种新的理想，在这否定中朦胧地呈现出来。

以人为思考中心，进而达到对社会环境的否定，强烈的反抗性和对人的新的期盼作为表现主义作家的基本创作母题与中国现代作家的基本创作倾向大体上是一致的。只不过对于中国现代作家来说，他们对于现实社会的否定性内容，主要的是束缚人性发展的封建道德和黑暗的社会制度，而不是高度物质文明发展对人性的扭曲与压抑。因此，两者都是从"人"出发去审视社会现实，但对于"人"的态度及社会的态度却有着极为明显的区别。中国现代作家郭沫若、郁达夫等人在反抗封建道德束缚的过程中，特别强调的是人的心灵痛苦和人的反道德性行动，"个性解放"是其关注的核心，并且他们也往往把"个性解放"看作是"全民族解放"的一条途径，对于社会未来抱有热切的期望，试图用真善美来对抗假恶丑。也就是说中国现代作家的"个性自由"主要地是从精神领域展开，进而导向对社会政治使命的自觉追求。表现主义文学家却不同，他们是在资产阶级美好理性王国破灭的历史背景下，在承受了现代资本主义物质文明压抑之后，目睹了第一次世界大战的残酷杀戮之后来思考人的命运的。因此，他们对于人、社会、国家等事物美好的一面的认识就不似中国现代作家那样强烈。他们以往所标榜的"自由与博爱"早已幻灭一空，更多地体验到了人的悲剧性的心境，人的自由和"价值"与社会相冲突的也主要不是封建道德，而是"金钱""暴力""残酷的剥削"等内容。当这些东西以强大的威力主宰着人的命运时，表现主义文学家的反抗指向便异常明确，这便是反抗剥削、反抗金钱、反抗暴力，进而达到对社会的整体否定，然而在"人"的未来期待方面却又变得异常模糊抽象，他们无法想象人在这样一种环境中如何设计自己的未来。对这种人生的悲剧性的体验，带来了他们对于社会的坚决反抗和一种近乎疯狂的创造性激情。也正是在这一点上他们引起了中国现代作家的强烈共鸣，把他们的反抗精神纳入自己反传统、反社会的个性人格中，来反抗封建道德和腐朽黑暗的社会现实。郭沫若受到表现主义剧作影响的《棠棣之花》就明显表现出这一特点：聂嫈对"苍生久涂炭，十室无一完"，"富者余粮肉，强者斗私兵"的彻底否定以及那"愿将一己命，救彼苍生起"的豪壮激情，毫无疑问透露出表现主义者的那种精神气息。与此相适应，郭沫若在《棠棣之花》中反抗社会的同时也像表现主义者一样在苦苦搜求着一种理想，这种理想在表现主义者那里表现出对一种新的伦理人生价值的追求，在郭沫若这里则表现为"愿自由之花，开遍中华"。这里呈现出表现主义和中国现代作家的不同，这种不同就是表现主义者反抗的终极目的是确立"人"的意志和价值的存在，而中国现代作家则是在反抗社会的过程中确立能承担民族复兴重任的新人存在。这种异同在受到表现主义影响的其他创造社作家郁达夫等人身上也体现得极为明显。狂飙社作家向培良的剧作受表现主义戏剧的影响更为直接，所表现出来的倾向也更为复杂一些，他的《沉闷的戏剧》三种，就是以表现派的方法进行创作。就其作品的总体基调来看，存在着和表现主义相同的两种思想情感，这就是对置身其中的生活形态深感压抑与失望，以反抗奋斗和狂飙精神呼唤生命强力的爆发，对未来充满创造和期待的渴望。然而就其作品的内容来看却发生了很大的变化。此前我们已经讲过，表现主义者所否定的是现代物质文明和资本主义剥削制度以及战争的暴力对"人"的摧残，他们所期待和创造的新人就是试图摆脱这种"奴役"的新人。而向培良的作品所表现的那种失望感却没有什么明确的指向，《生的留恋与死的诱惑》一剧中的"病者"所处的环境就像鲁迅所说的是那种能吞噬人的"无物之阵"，他曾经那样热烈地追求过、奋斗过，但后来却被打倒了。他失去了支持者，忧郁、苦闷与悲哀使他陷入了颓废绝望的困境中。因此，他一方面需要气力，需要强健的生命和精神；一方面又觉得生活得太累，向往着死的归宿，反抗的结果终于导向"虚无"，呈现出一种阴冷的色彩。《冬天》一剧亦是如此，女子若华对爱人长期系恋陷入沉痛，她一再宣告自己是"强有力的"，要同"寒冷奋斗"，"同残酷奋斗"，但她的意志和奋斗的结局却仍是冬天所象征的：寒冷、岑寂、黑暗——

死。《暗嫩》一剧可以说进一步发展了这两种精神：一方面是解除一
切束缚，不加限制地对于美的追求；另一方面则是追求的结果是空无
所有。在这种倾向中我们看到前者所具有的表现主义那"狂飙式"的
反抗之力。

二

从中国现代作家与表现主义作家的思想联系中，我们固然可以发
现他们之间的某些异同之处，但他们之间更为重要的则是一种审美倾
向之间的联系，因为只有从这一点上我们才能看到为什么郭沫若、郁
达夫，高长虹等人与表现主义文学家发生了联系。

表现主义文学家在审美倾向方面的一个重要特点就是对于"自我
内心"的高度重视。在他们看来，"眼前的世界，毕竟是'我'"的
世界，客观的世界，毕竟是由于自我的主观来把握着的，因此，他们
宣称"要对艺术进行确确实实的再创造，这就要创造一个崭新的世界
图像。这种图像和那种靠经济而能把握的自然主义者的图像毫无共
同之处，和印象派那种割裂的狭小范围也毫无共同之处"。"世界的
这一形象只存在于我们自身。"[1] 表现主义文学家从"自我"出发，注
重"表现"的美学原则与郭沫若、郁达夫、高长虹等人的审美原则有
着极其明显的相似性。郭沫若曾不止一次的宣称："'求真'在艺术家
本是必要的事情，但是艺术家的求真不能在忠于自然上讲，只能在忠
于自我上讲艺术的精神决不是模仿自然，艺术的要求也决不是在仅仅

---

[1] 伍蠡甫主编：《现代西方文论选》，上海译文出版社1983年版，第151页。

求得一片自然的形似，艺术是自我的表现。"[1] 因此，中国注重自我表现的作家，一般都对表现派作家表示了强烈的共鸣。郑伯奇在《中国新文学大系·小说三集导言》中曾认为中国新文学运动两种最大的倾向是"人生派"和"艺术派"，而所谓"艺术派"实包含着浪漫主义以至表现派、未来派的各种倾向。就中国现代作家中的"艺术派"而言，实质上都是些浪漫主义倾向极为突出的作家。为什么浪漫主义作家会与表现派等文学思想联系在一起呢？从根本上来说，浪漫主义与表现主义诸作家都是对现实感到不满，感到了现存文化制度的缺陷的产物，同时，表现主义的美学原则也是从浪漫主义发展而来。在此情形下，表现主义与具有浪漫倾向的中国现代作家联系在一起也就带有某种必然性。郭沫若就认为"十八世纪的罗曼派和最近出现的表现派（Ex-pressionism），他们是尊重个性，尊重自我，把自我的精神运用客观的事物，而自由创造"[2]。当中国现代作家在浪漫主义与表现主义等文学思潮的影响下，张扬起自我个性、努力自由创造的时候，他们的基本美学原则是浪漫主义还是属于表现主义呢？如果是属于浪漫主义，那么，表现主义与他们的联系又是怎样发生的呢？

浪漫主义者和表现主义者都重视自我的表现，这是众所周知的事实。郭沫若和郁达夫、高长虹又是怎样理解"表现"的呢？在郭沫若看来，"表现"就是"艺术家把种种的印象，经过一道灵魂的酝酿，自

---

[1][2] 郭沫若：《印象与表现》，《郭沫若研究资料》上册，中国社会科学出版社1986年版，第196、200页。

律的综合，再呈示出一个新的整个的世界出来”①。自然与艺术家的关系就像木材店与木匠的关系，“自然不过供给艺术家以种种的素材，使这种种的素材融合成一种新的生命，融合成一个完整的新的世界”②。高长虹虽然没有用明确的语言来说明“表现”的意思，但其作品的特征则具有如上特点。表现主义者则认为“表现”的过程是作家凭借主观精神进行内心体验，体验的结果产生一种激情，这种激情经久不衰，并无限扩张，包容一切，艺术家就是要以这种激情来表现事物的幻象，所谓幻象，就是事物的更深一层形象，亦即事物纯粹的真实。在中国现代作家与表现主义文学家对于“表现”的这种相近而又有着明显不同的理解中，我们看到中国现代作家更接近于在自然中表现自我的西方浪漫主义，表现主义只是在一种总体原则上给予他们一种生命之美的召唤。我们不妨从情感与形象这两个艺术表现的基本问题作一具体分析。

西方浪漫主义作家和中国现代作家以及表现派作家都把情感作为内心表现的主要对象，但是，中国现代作家和西方浪漫派在情感表现的过程中都着力强调情感和形象之间密不可分的关系。华兹华斯在《抒情歌谣集·序言》里就认为情感与伦理上的情操、生理上的感觉以及激起这些东西的事物相联系。雪莱在《为诗辩护》中则认为一位诗人不仅明察客观的现在，发现现在的事物所应当与依从的规律，他还能从现在看到未来。郭沫若在《文艺上的节产》一文中认为朗慈白曷教授“艺术是现，不是再现”的话把艺术的精神概括无遗后，接着认

---

①② 郭沫若:《印象与表现》,《郭沫若研究资料》上册，中国社会科学出版社1986年版，第 196、200 页。

为："艺术是从内部自然的发生，它的受精是内部与外部的结合，灵魂与自然的结合。"郭沫若对于"艺术是现"的这种解释，很显然与西方浪漫主义者是一致的，这就是他们把"自我情感"与"外部自然现象"联系在一起，强调情感表现的具体形象性。而表现主义者在情感与形象之间的关系上则与此不同。他们认为："表现主义艺术家的整个用武之地就在幻象之中，他并不看，他观察；他不描写，他经历；他不再现，他塑造；他不拾取，他去探寻。于是不再有工厂、宿舍、疾病、妓女、呻吟和饥饿这一连串的事实，有的只是它们的幻象。"[1]而幻想则是事物更深层的带有本质意义的形象。由此，我们不妨这样说：浪漫主义者在情感与客观形象的关系上，重视两者的联系性，重视情感的具体形象性，而表现主义者在两者的关系上则舍弃情感形象的具体形象性，重视情感与自我主观的抽象幻象性。正是由于此种原因，我们看到表现主义的文学作品中一般都没有具体的人物存在，所出现的人物大都是作为一种思想的抽象代表物，人物仅仅是作为一种思想的符号而存在，对事物的理性认识构成了情感的有力支柱，而不似浪漫主义者在与自然的和谐对应中去表现那种或昂扬、或忧郁的情感。

在浪漫主义与表现主义美学原则的这种区别与联系中，我们看到中国的现代作家郭沫若、郁达夫等人，他们对于情感形象性的重视，远远超出于对"情感抽象性"的追求。因此，他们作品中情绪的可感性很强。高长虹的作品与郭沫若、郁达夫和表现主义的作品相比较来看，似乎介于两者之间，他虽然吸取了表现主义者把"情感与理性"

---

[1] 伍蠡甫主编：《现代西方文论选》，上海译文出版社 1983 年版，第 152 页。

联系在一起，强调情感以及事物的抽象本质性的特点，但其人物则又未能像表现主义作品那样，完全成为思想的符号，譬如《暗嫩》中的"暗嫩"这个人物就带有较强的客观性色彩。

"情感的具体形象性"与"情感的抽象本质性"，作为一种创作美学原则，孰优孰劣，难以说清。但与情感与事物的本质联系在一起时，对于作家认识自我的价值是有重要意义的。我们可以说正是由于这种原则，使表现主义者把反社会的情感与对人的生命意志和人道主义思想联系在一起，对现实社会和人自身有着更为深刻的清醒认识。我们认为正是在这样的基础上，中国现代作家在接受表现主义美学原则的过程中，更加坚定了他们反社会的个性力量和意志，也正是在这样的意义上，表现主义的自我意志，从生命的整体意义上呼唤着中国现代作家对生命之美的追求。这种生命之美的追求具体地表现为对于生命创造性的渴望。因此，在艺术领域里，我们看到中国的现代作家和表现主义者都从自我心灵出发，通过艺术来创造一个崭新的世界，决不满足于对自然的复制，而要征服自然，做自然的支配者。

通过如上论述，我们看到中国的浪漫派作家在"表现——创造"这一基本的美学倾向上与表现主义者是相同的，表现主义者正是在这一点上对中国现代作家产生了深远的影响。

在前面我们已经说过，中国现代作家在主观表现的过程中注重情感的形象性，而表现主义者则注重情感的抽象性，因此，从艺术发生的角度看，表现主义的直觉是与事物理性的本质紧密相关，艺术形象就表现为事物更深一层的本质幻象，而不是现实具体可感的物象，荒诞变形、潜意识心理的表现就成为重要的艺术手段。对于中国现代作家来说，直觉则是与情感和现实物象相联系，郭沫若就曾把诗看作是直觉与情感，想象和适当的文字的综合体，而想象又是以现实物象为基础①。高长虹把艺术的本质看作是显示人类的心底深处和灵魂的隐微时，也并没有达到对事物本质理性的直觉把握这一高度，因此我们看到荒诞变形乃至潜意识的心理表现在中国现代作家作品中的运用是很有限的，郭沫若受表现主义影响而创作的《孤竹君之二子》《棠棣之花》以及向培良《沉闷的戏剧》中的剧作大都没有运用这种手法，而主要是为了加强作品的表现力借鉴了表现主义者语言的简洁和富有力度的节奏。

三

以上我们探讨了中国现代作家与德国表现主义在作品内容、基本美学原则以及艺术手法之间的关系。在美国的另一个重要表现主义作家奥尼尔对中国现代作家也产生了重要影响。由于奥尼尔的表现主义特点与德国的表现主义有着某些不同的特点，因此我们把奥尼尔与中国现代作家之间的关系作为一个独立部分来论述。

在 20 世纪 20 年代，茅盾在《小说月报》上就介绍过奥尼尔，继之，洪深、顾仲彝、王实味、聂淼等人又译介了奥尼尔的《琼斯王》《加勒比斯三日》《天外边》《悲悼》《奇异的插曲》等剧作，甚至还把《琼斯王》《天外边》《午餐之前》等剧作搬上了舞台。很有意思的一个现象是德国表现主义与中国现代作家主要的是与具有浓重浪漫主义色彩的作家发生联系，而奥尼尔则是与具有现实主义主导倾向的洪深和曹禺发生联系，这种现象表明：奥尼尔的表现主义与德国表现主义有

---

① 参见郭沫若：《〈文艺论集〉汇校本》，湖南人民出版社 1984 年版，第 259 页。

着很大的区别，它是以另外一种特质进入中国现代作家视野的。

奥尼尔的表现主义很显然有着自己鲜明的特点，他在谈到斯特林堡的戏剧美学思想时认为，表现主义"把许多动作带进戏剧，现代生活的某些方面，他们表现得比老式戏剧好"[1]。但他又说："如果不用表现人物性格的手段是无法使观众接受主题思想的。如果舞台上出现的是些抽象的人物，譬如男人或妇女，那么，观众就不会在剧中主人公身上认出自己，戏剧和观众的这种联系就失去了。……这就是我不能同意表现主义者的理论的地方。"[2] 奥尼尔对表现主义理论原则的微辞，表现出他与西方现代以易卜生为代表的现实主义戏剧的联系，易卜生就把戏剧作品是否塑造出生动真实的典型人物性格作为戏剧审美标准的基本尺度。奥尼尔不仅与易卜生的现实主义戏剧有联系，而且还与其他创作方法相联系。他曾说："我一直想使我自己成为一个熔炉。把所有的方法都拿来一锅煮，看看其中究竟有些什么优点，适合于我的用场，要是我的火力够强的话，就熬炼一套我自己的技巧。"[3] 奥尼尔戏剧创作原则的这种综合性特点，使他的剧作既有浓厚的表现主义特征又有其独特的个性。对于奥尼尔来说，他在很大程度上是由于斯特林堡的影响开始创作戏剧的，因此，他也和表现主义者一样强调"生活背后"的本质，这种本质在奥尼尔看来是"推动一切的不可思议的力量"。具体来说就是人的内在的心理上的命运。因此我们看到在奥尼尔的作品中，他们关心的不是现实表面层次的人与人之间的关系，而是人与神，人与灵魂，人与他的自觉和不自觉的要求与愿望之间的关系，在重视人的心灵世界发现这一点上，很显然奥尼尔与表观

---

[1][2][3] 奥尼尔：《戏剧及其手段》，《外国文学》1980 年第 1 期。

主义的基本创作原则是相同的。他不同于表现主义者的是他对于人的这种"本质性的内容"的理解。如果说德国的表现主义者把这种"本质性的内容"理解为自我主观体验的结果，并且用一种与现实有一定关联的"幻象"进行表现，那么奥尼尔则认为这种"本质性"的内容则是"推动生活的一种力量"，并且通过人们的生活本身来加以表现。这种区别使奥尼尔的作品具有现实的真实深刻性。这也就是曹禺为什么会认为奥尼尔"基本上是一个写实主义者"[1]的原因。这也正是奥尼尔为什么会和洪深、曹禺这样的现实主义剧作家发生联系的原因所在。洪深的《赵阎王》可以说是中国现代戏剧最早借鉴奥尼尔戏剧的剧作，但是洪深的"《赵阎王》借用了奥尼尔《琼斯皇》中的背景与事实——如在林子中转圈，神经错乱而见幻境、众人击鼓追赶等——除了题材本身的意义外，别的无甚可观"[2]，并没有从人物塑造及戏剧构成的基本美学原则方面留下奥尼尔的痕迹。真正创造性的借鉴奥尼尔的戏剧作家是曹禺。在曹禺的剧作中受奥尼尔影响最深的又是《原野》，《原野》从主题到人物塑造都具有奥尼尔的痕迹，在此就不作详细论述了。

表现主义作为一种强调自我内心表现的文学艺术潮流和其他现代主义文学流派一样，在中国新文学中的最大影响还是在五四时期，它那源于自我心灵的创造精神和自我出发的审美视角与自我个性解放的心灵有着较为全面的契合，从而给中国新文学增添了"狂飙"式的激情篇章。

---

① 曹禺：《我所知道的奥尼尔》，《外国戏剧》1985 年第 1 期。
② 洪深：《中国新文学大系戏剧集·导言》，上海良友图书印刷公司 1935 年版。

唯美主义：诱惑与变异 *

　　唯美主义文学思潮兴起于 19 世纪中叶的英国，它以高蹈的灵魂"极力要避开现实及过于物质了的东西，而以技巧浓重的形式去描写"。"对于世界完全取唯美的态度。""以为人生之最高意义是美，艺术高于生活，美学就是最高的道德。"① 这一文学思潮的主要代表人物王尔德在受到别人的批评时就曾悍然宣称："艺术的目的就在于实现非实有的人物的事象！"② 换他的另一句话就是"美而不真的事物的讲述，乃是艺术的本来的目的"（《谎言的衰朽》）。唯美主义文学思潮的这些特点就其思想渊源来看毫无疑问与浪漫主义者济慈以及法国的象征派诗人波特莱尔有着十分密切的联系。这种联系表明，唯美主义者一方面仍然热情奔放、无所节制地追求着那一个浪漫的梦幻世界，另一方面则表明他们的追求已被波特莱尔所绝望的那一个现实世界所不能容纳，

---

* 该节原载《东岳论丛》1997 年第 6 期。
① 茅盾：《世界文学名著杂谈》，百花文艺出版社 1980 年版，第 385 页。
② 沈泽民：《王尔德评传》，《小说月报》第十二卷第五号。

而只有进入超越现实之上的那一个"梦之世界"，追随着一切的热情直到灵魂，去寻找"美"的快乐。唯美主义这种以个人为出发点对于个性灵魂美之极致的追求，在新文学的初期阶段广泛地影响到了中国现代作家，田汉、郭沫若、闻一多、向培良、王统照等作家都不同程度地受到了唯美主义的熏陶，使其作品缠绕着一层奇丽诡秘的美感特征和蕴含着为美之理想而献身的热情。

依据茅盾的观点，唯美主义代表作家除英国的王尔德之外，还有法国的法朗士；比利时的梅特林克、德奥的霍夫曼斯泰尔；意大利的邓南遮。这些作家的著作在 20 世纪二三十年代大都有译本，总计起来有二十余种之多。茅盾把如上作家都归于唯美主义范畴未必确切，但如上作家都带有唯美主义倾向则是毫无疑问的。这种现象表明中国现代作家"唯美"观念的产生，所受到的影响渠道是多方面的，并非仅仅来源于以英国王尔德为代表的唯美主义，但主要的代表人物是王尔德。这样一来，本节也就以探讨王尔德与中国现代作家的联系和区别为重要内容，同时也简略论及象征主义及其他带有"唯美"倾向的作家在中国现代作家唯美倾向形成过程中所起的作用。

一

西方唯美主义文学思潮的重要代表人物王尔德的创作主要有两大部分组成：一部分是以《道林·格雷的画像》和《莎乐美》为代表的唯美主义文学作品；一部分是以他灵敏之笔不遗余力地痛骂英国社会的社会剧。这些作品如《遗扇记》《一个不重要的妇人》《理想的丈夫》等都曾在《新青年》《小说月报》等刊物上发表过译文。作为社会剧创作家的王尔德，其语言的灵俏与华丽让人称道，但内容远不及易卜生的深邃和丰富。因此易卜生走进中国现代文坛也就必然地使人们不太注重王尔德的社会剧，而在当时的社会历史条件下，从美的角度更注重他那独具一格的唯美主义作品，特别是《莎乐美》那撼人心弦的美之诱惑，使许多人为之仰慕，产生了广泛的影响。那么王尔德唯美主义作品的内在实质是什么？中国五四时期的现代作家又是在何种意义上与其产生共鸣的呢？

王尔德唯美主义作品的内在实质紧密地联系着他对于人生的态度。王尔德在学生时期就富有智慧和空想力，对于他一生影响最大的是希腊旅行，沈泽民认为："这一次旅行虽然不能把他造成一个健康的异教徒，却把他平日梦想中的美境大大地证实了，并且还给他看了许多平时他梦想不到的美，王尔德自己曾说从此番游历之后，他把忧愁的崇拜一变而为美的崇拜了。"[1] 这种希腊式的美就是他的人生观和艺术观的根底，这种美"就是人间生活的外面和内面（即肉的生活和灵的生活）的圆满的调和，即艺术和现实的融合，灵和肉的一致"。张闻天曾认为王尔德只找到了肉体的美，忘记了灵肉一致的美，只做了个不健全的希腊人，实质上王尔德并非忘记了灵肉一致、快乐主义与精神主义并行的美，而是他没有在现实的人生中找到这种美，在当时的历史条件下，他所体验到的只能是灵肉冲突、理想与实现相矛盾的痛苦。对于王尔德来讲，他的独特性在于：他在灵与肉的冲突与矛盾中趋向于虚幻华丽的美之天国，同时这种虚幻华丽的美又在灵与肉的相互交织与混合中表现出来。这正是我们所理解的王尔德唯美主义的实质所在。

通常普遍的观点认为典型地体现了王尔德世界观和审美原则的是《格雷的画像》，《格雷的画像》并不能以"颓废"或"非道德"为

---

[1] 沈泽民：《王尔德评传》，《小说月报》第十二卷第五号。

标准来加以评判，他所体现的正是在现代西方生命哲学影响下，追求个性发展的人所不能如愿的现实困境，亦即灵肉不能和谐，享乐主义和精神主义相互悖理的矛盾与痛苦，体现着他对社会环境的尖锐批判。

五四作为一场伟大的思想解放运动，唤醒了人们的自我意识，使人们立足于现代历史发展的高度来重新审视和思考脚下这块土地，无疑是历史的进步和中华民族值得庆幸的大事。然而在中国封建意识异常浓厚、大多数人的思想极为封闭和凝滞的现实环境中，为唤醒民众而奔走呼号的现代先驱者却陷入了困境中。他们的思想没有人理解，他们的行为遭到非议，他们的人格遭受到侮辱，他们陷入了理想与现实、灵与肉的强烈矛盾中。在这种背景下一部分侧重自我主观力量的浪漫主义作家其灵魂分裂的矛盾就更为惨重，不得不为维护自我的力量和尊严，而更多进入了幻化的境界，试图以艺术来美化生活，通过艺术拯救人们的灵魂，而艺术在这里也就更多地表现为一种美的精神。郭沫若在《论诗》中曾说："真理要探讨，梦境也要追寻，理智要扩充，直觉也不忍放弃……这确是一切人的共有天性了。""说尽了我们青年人的矛盾心理。"作为艺术家就是要用直觉的艺术和美的梦境去统一人类的情感，使生活美化。正如他在《生活的艺术化》一文中曾说王尔德对于生活的艺术化"偏于外的生活去了"，"我的意思是要用艺术的精神来美化我们内的生活，就是说把艺术的精神来做我们的精神生活，我们要养成一个美的灵魂"。在这样一种精神状态中，像郭沫若、田汉、闻一多这样一些浪漫主义倾向较为明显的作家部分地接受唯美主义的思想因素，以追求人生的艺术化也就带有某种历史的必然性，因为唯美主义者和这些浪漫主义作家都同样重视灵魂之美对于现实人生的补救作用。值得进一步指出的是，在中国部分浪漫主义作家这里，灵魂之美始终作为一种主导力量贯串作品始终，以其强大的力量压倒了肉的现实的因素，使我们很难体验到像王尔德作品中那种灵肉冲突相互混含之中的美之磨难所表现出来的震撼全身心的力量，而仅仅感受到"灵"之追求的悲壮和那种飘逸的气韵，难以感受到灵肉分裂而带来的痛苦中的崇高。

　　五四时期的部分浪漫主义作家从"灵"的角度趋向于唯美主义，另外一些作家则从"生命"的角度和王尔德为代表的唯美主义发生了共鸣，这些作家在灵肉冲突中对唯美主义思想的把握和理解较为贴近唯美主义的状态。最为典型的代表作家是向培良。他在《沉闷的戏剧·给读者》中认为他的剧本"是献给那被压迫者、忍受者、争斗着的叛徒，以及在生命中追寻痛苦，而观照着享乐着那痛苦的人们"。他又说："我将生的苦闷献给你们，请你们在苦闷中以及一切阴暗的东西，在里面或将寻见丰富的生命，比一切愉快和幸福所能给的更多。"当向培良从"生命"的角度去发现享乐和幸福的内蕴时，他与王尔德等唯美主义者的联系也就变得更为密切一些，因为王尔德的唯美主义究其实质而言就是生命所具有的双重性，"官能的享乐与精神的享乐"不断冲突而导向精神享乐的美之极致的过程。只要对比阅读，就能清楚地看到两者的一致性。

　　中国现代作家在灵肉冲突中对美的寻求方式及结果，虽然与以王尔德为代表的唯美主义有所不同，但是他们都从灵肉冲突中来寻求美的极境，这就必然带来他们的作品在美感特征上的相似点。因为他们都把美与"灵"联系在一起，甚至绝对化，注重其抽象虚幻的特质，所以美的神秘性成为其重要的共同特点。王尔德作品中格雷的画像、约翰先知的美都以其神秘的威慑力让人惊叹。田汉《古潭的声音》中的"古潭"也有着不可捉摸的神秘诱惑，一个在物的世界中饱受折磨，在灵的世界中又得不到满足的姑娘，为它去了，诗人也为解开这个谜跃入古潭之中。向培良《暗嫩》中"他玛"的美也同样具有难以言说的魅力，无怪乎暗嫩这样痛苦地呼喊着："你告诉我，这到底是怎么一回事？这实在是一个极大的秘密，常常压迫着我，我不能够懂，我不能够知道，但她却常常引诱我，使我惊奇，使我疑虑，使我不能安静，却又不让我走开。呵，上帝，你为什么要创造女人，又创造了美？到底女人是什么东西？为什么这样不休憩地引诱着我呢？"美的这种神秘力量在王统照的小说中则表现为一个女人的微笑能够使犯人悔过自新。如果说美的这种神秘性特性主要地与作家对"灵"的追求联系在一起，那么当作家在灵与肉的对立统一中描绘美的特征时，则把"肉"和"现实"的事物赋予一种奇丽抽象的特征，把生活的印象转化为人工的美之绝唱。这种灵肉混合的"奇丽"之美无不显示出王尔德唯美主义的痕迹，这种艺术手法毫无疑问具有震撼人心的力量，它使美的意念得以具体化，表现出色、香、味、形俱全的通感之美。

二

通过灵与肉的关系以及作品所呈现出的美感特征来揭示中国五四时期的唯美主义与中国现代作家的联系是不容忽视的一个重要方面，然而更为实质性的原因则在于他们对于个性主义的追求，也可以说灵肉之关系的表现形式是其个性主义思想的一种外化形态，因此从个性主义的角度来揭示中西唯美主义的联系是核心的重要内容。

五四时期一个基本的时代主题就是个性解放和个性自由的追求，在这一主题制约下的中国现代作家无不由此与具有个性自由精神的世界先哲发生联系，中国现代作家与以王尔德为代表的唯美主义也主要

地是由此而得以沟通的。田汉在谈到《莎乐美》时曾说过这样一段
话:"王尔德总算是个人色彩最重的一个作家了。在这个时代来演他的
脚本,尤其是演这样艺术味极浓厚的戏——《莎乐美》,岂不是'反
时代'吗?岂不是'不民众'吗?但聪明的民众啊,你们得学着自由
自在地采取你们的养料……叙利亚少年、莎乐美、约翰,就是目无旁
观,耳无旁听,以全生命求其所爱,殉其所爱。"[①] 在这里田汉所注重
的很显然是《莎乐美》所表现出来的那种个性执着的追求精神,抑或
说是一种个性生命意志。从西方现代派文学的发展过程来看,对未知
事物奋不顾身,执着探索的生命意志一直是一个极为重要的主题,尼
采、柏格森诸人所标榜的"意志"就包含有这一重要的内容,他们无
不从个性的生命出发,把生命的无限扩张和发展作为自己追求的目
标。王尔德显然承继着尼采、柏格森生命哲学的这一内容,有人认为
这种极端的个人主义精神是一种赤裸裸的利己主义哲学,而实质上并
非如此。20 世纪初张闻天早就看到了这一点,他说:"我认为王尔德
的个人主义并不是自私自利主义。如果他是自私自利者,那么他何以
不重金钱,不着重现实?因为凡是自私自利者对于现实,对于金钱最
是注意,非然者就不成为自私自利主义者。王尔德的个人主义,我们
已说过是执着自己,把自己的个性充分发挥的意思。他的享乐主义
也并单是讲官能的享乐,他是对于一种幻象的享乐,即对于美的乐
园的享乐。"[②] 王尔德在个人与社会的尖锐冲突中,摒弃卑污庸俗的现
实,以个人的全身心之力趋向"美"的境界,正表现了一个高尚的灵

---

① 田汉:《田汉论创作》,上海文艺出版社 1983 年版,第 80 页。
② 张闻天:《王尔德介绍》,《民国日报》副刊《觉悟》,1922 年 4 月。

魂不与现实妥协的无畏精神。请看他笔下的格雷和莎乐美，在灵肉冲突的磨难之中都执着地追寻着美的灵魂，没有丝毫的犹豫和妥协。很显然个性主义的最终实现在王尔德这里表现为美的完成，这种由一己出发，义无反顾走向美的彻底个性主义精神，对于身处五四时期追求个性解放的现代作家必然具有强烈的感召力。我们知道五四时期的现代作家所面临的社会环境是极为险恶，自身个性的发展是极为艰难的。在他们面前不仅横亘着强大的封建文化传统，而且还有外来殖民者的残酷蹂躏，他们发展个性的意愿远没有西方启蒙者那样乐观，他们所感受到的往往是个性理想破灭的悲哀。在这样一种心态中，郭沫若、田汉、闻一多、王统照、向培良等作家发现了王尔德时，王尔德那种试图在灵与肉两方面全面发展并且义无反顾走向美之极境的个性精神，自然会引起他们强烈的共鸣，而选择"美"作为自己灵魂的归宿，以此表现自己在与社会对立中那种坚决的个性斗争精神。郭沫若诗作中那一个以狮子搏兔之力，张扬自我，反抗社会，趋于理想极境的抒情主人公，田汉剧作中以生命探求古潭之谜的流浪诗人，闻一多那种要在绝望的死水中寻出"美"来的精神……无不渗透着王尔德的唯美主义那种执着的个性意志。如果说王尔德的唯美主义对于如上作家的影响，主要从个性扩张和发展的角度，强化了他们对于"美"的精神世界的追求，那么对向培良的影响，则在个性生命较为全面的意义上，促使他以决绝的个性态度去直面人生的丑恶和自己所处的困境。他在《沉闷的戏剧·给读者》中写道："这个集子里面，只充满着疲倦，愤怒，爱之牺牲，迷惘矛盾，性的苦闷，以及所追求着的理想的破灭。真理并不像传说中有着那样美丽的面貌，反而常常是丑恶的，要面对面地看真理是很需一些勇气，而幻想又每每容易破灭，所以当徒劳于追寻，疲倦于追寻，痛苦于追寻，而一旦遇见了真理丑恶的面貌的时候，则像那绝望、愤怒而且空洞的声音'我恨你'。"我恨你"这悲哀痛苦的声音中一方面包含着他对于现实一切的绝望，另一方面也表现出他对于现实决不妥协的精神，因此，他敢于表现生命的颓败与黑暗，敢于给"死"穿上美丽的衣服，去在生活的丑恶里发现美。能够意识到生活的丑恶而又非要在丑恶中发现美，这是一种何等高贵的个性精神，这与王尔德的唯美追求是十分相似的。由上论述我们看到以王尔德为代表的唯美主义正是由于其所蕴含着的个性主义精神，才使中国现代作家与其发生了强烈的共鸣。既然中国现代作家和以王尔德为代表的唯美主义都具有个性主义的精神，那么为什么由个性主义精神出发，对灵肉之间的关系及美的理解上有所不同呢？在这里就必然牵扯到两种个性主义所具有的各自不同的特点。

三

个性主义作为一种人生态度或社会政治主张，在崇拜美的唯美主义者和受唯美主义者影响的现代作家这里具体演化为对于美的执着崇拜，而这种美又总是与爱联结在一起，因为在唯美主义者看来爱与美构成了人类生命的所有秘密。王尔德笔下的格雷爱他的青春美貌，《莎乐美》抽象而迷人的美正是在一系列爱的情意中表现，向培良笔下的暗嫩爱他玛，田汉笔下的艺人爱他们的艺术，郭沫若《王昭君》中的汉元帝爱王昭君，闻一多爱他那至美的诗艺……毫无疑问这种爱都是以美为唯一根据的，没有了美也就没有了爱，没有了美同样爱也就变得空洞无物。但是"爱"作为一种道德化的情感，在中西唯物主义者这里却是有不同的指向的，这种不同也就显示了两者个性精神和美的表现形态的差异。

沈泽民在评价王尔德时曾说过这样一段话："王尔德是一个个人主义者，他的人格中贯彻着个人主义的液汁，但是他的行为却上了迷路了，本他个人的色彩去实行他的享乐主义。拿艺术的神圣事业专供热情的满足。论他的品格，很可以使我们爱重，论他的内心生活，很可以使我们哀怜，论他的天才，很可以使我们佩服，但是他的为人毕竟不是能使我们同情的，因为他除了自身以外没有一件事可以动他的爱心。"①沈泽民对王尔德个人主义精神及其所爱的微辞表现了中国现代作家的个性主义精神延伸出的爱之意向与王尔德的不同。中国现代作家是不会满意王尔德那种极端的个人主义所爱的，因为他们的爱要比王尔德广泛得多，他们要爱整个的民族，整个的美好社会。因此他们接受唯美主义的思想时，大部分都在有意地误解中发生了变异，把美与救世救国联系在一起，极力强调美的社会功用，而不似王尔德那样主要地把美作为一己的享乐。换句话说，在王尔德那里他所要求的是要生活模仿艺术，而在中国现代作家那里所要求的则是以艺术来改造和美化社会，同时反抗社会对自我的压抑。

既然用个性之美来改造社会，提高人们的精神素质，这也就必然导致中国部分现代作家从"灵"的角度来理解王尔德的作品及其主张，与王尔德那种提倡官能享乐的观点发生背离。因为在他们看来，肉的官能快乐之美并不具有改造社会的积极力量，而只是个性生命的独自享乐而已。因此我们看到一个非常有趣的现象，这就是中国作家都被

①　沈泽民：《王尔德评传》，《小说月报》第十二卷第五号。

王尔德那种灵肉混合的美之描述所震颤，从个人心底发出欢呼，但却很少在自己创作的艺术作品中大量描述官能的快乐和对官能之爱的追求，仅仅在其作品的某些细节羞羞答答地简略提及，而这种描写又总是背倚着一个更为强大的社会性主题。这种内在的区别使人们看到，当王尔德把美作为一种个性生命在灵与肉两方面彻底享乐的对象时，中国现代作家却把美作为一种救世救国的灵丹妙药，把爱作为拯救人类的福音，在作品中倾其全部热情热烈讴歌。

　　中西唯美主义者在美的表现形态上除了如上不同之外，还有一个重要的方面就是由于美所面临的困境不同，美的内含也就发生了变化。在西方唯美主义者王尔德那里灵肉一致作为生命之美的极致，往往是要发生冲突的，但这种灵肉冲突主要的是在生命内部产生的（当然生命的灵肉冲突的最基本原因仍然受到社会的制约），譬如莎乐美执着约翰的肉体，但却不能获得他的肉体，只能在虚幻的境界中亲吻着约翰死去的头颅。然而对于中国现代作家来说，生命内部灵与肉的冲突却转化为外在的现实与理想、社会丑恶与人生之美的冲突，这是因为中国现代作家对于美的追求本来就包含有极少的肉体内容，主要的是社会化的精神之美，这种冲突在五四时期并不完美的现实生活中也就必然地表现为现实与理想、现实之丑与理想之美的冲突。在王统照的小说《沉思》中那个追求美的画家韩叔云和代表着美的琼逸，毫无例外都受到了社会的嘲弄，琼逸再也不到韩叔云那里作模特，独自一个跑出城外，沉思着发生的一切。为什么给人做模特助成名家的艺术品会受到人们的冷淡？为什么人们还要在社会上散布些恶迹的谣言？这发自内心的悲哀是那样失望地倾诉着社会对于美的毁灭。田汉的《第五号病室》也表现着这种观念，在他看来只有打破那象征着现实社会的不合理的医院，重建一所合理的病院才能实现爱的理想，美与爱同样

与现实产生了不可回避的尖锐冲突。在这里我们看到中国现代作家对
于美的理解已包含有民主主义革命思想，也就是说唯美主义成了作家
民主革命思想的表现形式，这样一来唯美主义在中国已经具有浓郁的
中国化特点了。

中国现代作家与唯美主义所发生的如上变异，除了他们自身所意
识到的社会使命感以及历史发展进程的制约这个重要的原因之外，同
时中国传统文化潜在的制约也是一个极为重要的方面。田汉和郭沫若
在谈到"美"的内涵时都不期而遇到想到了我们中国的庄子。

中国现代作家在诸种外在与内在原因的制约下对于美的如上理
解，决定了他们艺术作品的美感形态与唯美主义者在相同中的不同，
这主要表现在美的抽象神秘性特征中增加了现实的具体可感的内容，
使其作品具有极其明显的现实指向性；同时他们对现实时代精神的重
视，又使他们以一种普遍的社会精神亦即善的力量，净化了唯美主义
作品中所谓"非道德"的肉体享乐的内容，表现出他们在美的追求过
程中对于"善"的重视。

四

通过如上论述，我们很明显地看到在中国五四时期的现代作家对
于美的追求受到双重社会主题的制约，一是个性解放，一是社会解放。
伴随着中国社会进程的发展，当社会解放的政治性任务成为人们的主
要奋斗目标时，大部分作家便在个性解放的艰难路途上开始了转向，
这种转向使他们逐渐离开了西方的唯美主义，因为唯美主义究其本质
而言是与个性的生命力量联系在一起的。所以从 1926 年之后，西方唯
美主义思潮逐渐地缩小了其影响的范围，但是在部分作家身上仍然以
其顽强的力量体现出来，这就是新月派诗人徐志摩、闻一多和创造社

的后期诗人王独清、穆木天等人以及 20 世纪 30 年代的现代派诗群。
然而这些诗人所体现出的唯美主义特点，更多地接近于法国的象征主
义诗歌，所以在此不再作重点分析。

　　值得注意的是 20 世纪 30 年代的现代派诗群在"美"的追求
上呈现出独特的特点。现代派诗群就其外部影响来看，可以说有四
条途径：（1）新月诗派；（2）中国的象征诗派；（3）法国的象征诗
派；（4）中国古典文学中的婉约词派。这四种影响在每个诗人身上
所体现的比重不同，再加上个人气质的不同，使其诗歌呈现出多姿
多彩的面貌。戴望舒的诗伴随着轻柔的风韵呈现出秀丽的抒情魅力，
何其芳诗中那妖媚的色彩和摇曳的姿色更让人倾心，卞之琳意味隽
永，捉摸不尽的诗歌意境给人以无限的遐思……但在这种种不同之
中，我们看到他们表现这种"唯美"意境的主要手段，主要的还是象
征主义那注重意象和象征寓意的幽深暗示。通过这种手段，把他们那
种哀怨、彷徨忧郁、迷乱的心态灌注于精致的艺术之梦中，显示出
古典式的婉约和象征诗的幽深。由此看王尔德的唯美主义仍旧没有
在直接的意义上影响到现代派诗群，他那在灵肉冲突中潇洒地奔向
美之幻境的强力和在灵与肉两方面彻底享乐的夸张性的富有色彩的
语言，都被中国现代派诗人那象征主义的幽深和古典式的含蓄所取
代了。

　　在中国现代文学史上尽管有许多流派和作家都曾标榜过"唯美"
的主张，但真正意义上受到唯美主义影响的作家并不多见，他们或者
伴随着有意的误解受到影响，或者通过象征主义理解了"唯美"……
唯美主义在中国现代文学史上的流变说明它始终以其美的魅力诱惑着
更多的人，为其呕心沥血，构筑着艺术的殿堂。

东方意识流：骚动与节制 *

生活并不是一副副匀称地装配好的眼镜；生活是一圈明亮的光环，生活是与我们的意识相始终的、包围着我们的一个半透明的封套。把这种变化多端、不可名状、难以界说的内在精神——不论它可能显得多么反常和复杂——用文字表达出来，并且尽可能少羼入一些外部的杂质，这难道不是小说家的任务吗？① 当沃尔夫用这充满激情的语言对现代小说的这种特点进行表述时，她无疑是针对乔伊斯等的现代著名意识流小说所说的。意识流小说的兴起与柏格森的"心理时间"说和弗洛伊德的心理分析理论有着相当密切的联系，也可以说意识流小说背后所依靠的强大的理论基石就是柏格森和弗洛伊德的哲学，他们把哲学意义上关于人的本质是本能的、非理性的观念运用于文学的

---

* 该节原载《岱宗学刊》1997 年第 2 期。

① ［英］弗吉尼亚·沃尔夫：《论小说与小说家》，瞿世镜译，上海译文出版社 1986
年版，第 8 页。

创作，而专注于对人的内心世界，人的潜意识领域的挖掘，把人内心深处不易被人察觉的东西加以表现，甚至将精神病人的胡言乱语也完整地表现出来。《喧哗与骚动》《追忆似水年华》等西方著名的意识流小说作家就都具有这一特点。因为他们专注于对人的内心世界的挖掘，所以在小说的写作过程中，他们并不重视对外部的、现实生活层面的内容的叙述，而特别重视人的梦、人由偶然一个物象所引发的心理联想、人的内心自言自语的不受意识控制的独白等等内容，因此往往呈现出一种混乱的、荒诞不经的艺术格调。意识流小说的这些特点对传统的现实主义来讲是一种强烈的冲击，它预示着现代人更多地从外部世界转向了对人自身的重视，同时也预示着现代小说艺术的一种转变和革命。由于对人的深层意识的发现和挖掘，现代小说不再是具体的、精确的历史叙述了，而是人生命自身内容在与外在世界联系中的多层次表现了。

意识流小说对中国的20世纪文学产生了广泛而又深远的影响这是不容忽视的事实。

五四时期是20世纪意气风发、令人振奋的时代，中西文化的大撞击所造就的异常活跃的文化氛围以及作家富有青春热情的挑战性心态，使五四文学呈现出一种恢宏的气魄，对异域文学的有益成分都毫不畏葸地去加以占有和吸收，意识流小说作为对人的意识领域进行深入探究的文学，对于处于封建思想压抑下内心情感不能充分发挥的五四青年来说，别有一番诱惑，特别是弗洛伊德的"潜意识"理论使他们找到了暴露自己内心的隐秘世界，以实现个性全面张扬、反抗封建的理论依据，这正是鲁迅、郭沫若、郁达夫等人都不同程度接受弗洛伊德理论的原因。五四时期的意识流小说的直接来源并不是西方的意识流小说，鲁迅的《狂人日记》和西方意识流小说的代表作《尤利西斯》产生于同一年，就能部分地说明问题。五四时期小说的意识流倾向所受异域的影响恐怕还主要在于这样几个方面：（1）弗洛伊德的心理分析理论和厨川白村的《苦闷的象征》；（2）运用联想和梦幻与自我心理分析进行创作的日本的"私小说"；（3）欧美心理剖析小说的影响，在鲁迅的作品中我们就能读出陀思妥耶夫斯基、安特莱夫的影子。由于五四现代作家与这些作家和理论家的具体影响关系的资料考查已多有论述，在此我们就不详加罗列，而重点谈一谈五四意识流小说倾向的几种形态。

艺术家退出作品，作家退出小说，让小说里的角色越过小说家这个无所不知的叙述者和评论者，直接地不受障碍地向读者展示他的全部精神世界，让读者跳过小说家这个中间环节而直接进入角色的灵魂内部，是意识流小说的一个最鲜明的特征。如果从这样的意义上来考察五四现代小说的意识流倾向，可以说真正意义上的西方现代意识流小说在五四时期几乎是没有的，这不仅因为现代作家作为五四启蒙运动的启蒙者，他们根本就不会去"消解自我的位置"，而且他们改造社会的强烈使命感和所受中国传统文化"忧国忧民"的精神的影响，使他们作小说主要是"有利于社会和人性的改善及国民的命运"，就更不可能把"自我的声音"从作品中放逐出去，因而五四时期具有意识流小说倾向的作品，总是受着理性的控制，就像河床上的流水沿着一定的轨迹向前流动，即使风浪滚滚也逃不脱河床的控制，不似西方意识流小说在梦的潜意识领域自由流动。由此我们认为"喧哗与节制"是东方意识流小说最为基本的一个特征。这一点我们还可以从"影响"的角度加以论证。弗洛伊德的"潜意识"理论和柏格森的"心理时间"说是导向意识流小说产生的最基本的理论依据。在弗洛伊德看来，"个人的性格结构被看作外部世界、道德与超我三极斗争的结果"①。他将那种受文明准则压抑的欲望与冲动称为"力必多",它的最基本组成部分是性欲,是性或性爱的本能。对这种本能欲望的压抑一旦过分就会产生一种向内或向外的破坏性,甚至导致精神分裂。在弗洛伊德看来,梦、遗忘、失语等都是错综复杂的精神活动的反映,尤其是梦中出现的意象更可能是深沉内涵的象征。弗洛伊德以欲望压抑的观点来解释艺术活动,认为创作是通过幻想与各种手法使压抑的精神得以松弛,被钳制的本能得以宣泄,从而得到一种满足,诗人与神经病患者的全部区别在于诗人能控制他的幻觉,而精神病患者则为幻觉所控制。②弗洛伊德的这种理论与柏格森的"心理时间"融合在一起,使西方现代意识流小说对人的飘忽不定的潜意识活动的表现找到了最有力的理论依靠。然而弗洛伊德和柏格森的理论在厨川白村《苦闷的象征》中已发生了变化,正如鲁迅在《苦闷的象征》译文引言中所说:"伯格森以未来为不可测,作者则以诗人为先知,弗洛特归生命力的根柢于性欲,作者则云即其力的突进和跳跃。"③当鲁迅通过厨川白村去认识弗洛伊德时,我们看到他更重视厨川白村而轻弗洛伊德,他更赞赏厨川白村关于生命创造力的学说以及反叛社会的精神。郭沫若虽然在《批评与梦》等文章中对弗洛伊德的"性压抑"理论及"梦"的理论表示赞赏,但他所取的主要是"社会对自我"的压抑的理论。当这种理论接受视角与日本的私小说及欧美的心理剖析小说融合在一起时,五四

---

①② 转引自侯维瑞:《现代英国小说史》,上海外语教育出版社1985年版,第192页。

③《鲁迅全集》第10卷,人民文学出版社1981年版,第232页。

现代作家的小说作品与西方意义上的意识流小说有着极为明显的不同，那种飘忽不定的潜意识情绪，混乱的时间交叉，在他们的作品中是极少存在的，他们所侧重的主要是"心理分析"，因为"心理分析"是理性支配下的一种活动，而不是不受理性控制的潜意识表现，弗洛伊德理论在这里是以另一种形态呈现出来的。五四时期具有意识流倾向的小说在这一总体特征涵盖下有几种存在形态呢？由于具体的作家趋于"意识流"的途径有所不同，主要有如下几种类型：

（一）社会批判与心理分析的结合

在五四现代小说中最具有"意识流"特征的小说当推鲁迅的《狂人日记》，这篇作品中混乱的思维、荒诞不经的联想，令人心惊肉跳的内心独白，无不显现出意识流小说的特征。但是这部作品有一个极为明确的理性的指向，这就是对几千年的封建社会的吃人制度进行批判，明确理性控制之下的混乱心理状态，表明的是封建制度对人的戕害，在这部小说中我们找不到那种老式的、稳定的自我，但却能找到一个向封建社会挑战、呐喊的新我的存在。在鲁迅的其他作品《阿Q正传》中阿Q梦中的"革命畅想曲"，《白光》中陈士成的幻觉，《长明灯》中的疯子的狂呼乱叫……等心理的揭示，都是与鲁迅批判社会，改造国民品性的目的联系在一起的，这种意识流小说手法的运用，加深了人物形象的深度和社会批判的力度，使他不是仅仅停留在社会层面的叙述上，而是深入到人的内心世界中去。弗洛伊德理论和具有意识流倾向的小说在这点上无疑对中国现代小说增添了良好的经验。

（二）人性呼唤与性爱心理透示

郭沫若是一个浪漫主义者，他和鲁迅不同之处在于鲁迅运用意识流手法写小说时，是与现实中的人生命运紧密联系在一起的，而郭沫若则更多地回到了人性本身，抒发作为一个人的情感。在郭沫若前期的文艺美学思想中最突出的核心问题就是强调情感的自然流露，这是源于浪漫主义者的一种艺术追求。郭沫若作为一个反封建的浪漫主义的文学家，在西方浪漫派诗人的影响下带有浓郁的"返归自然"的倾向，在此有一个非常重要的内容就是呼唤人的自然本性的回归，这在《女神》《星空》等作品中都有所体现。在浪漫主义者笔下"人性的自然回归"所呈现出的一个主导方面就是对于"情爱"的歌颂和咏叹。五四时期的郭沫若从这样一个基点去接触弗洛伊德的"心理分析"理论，去用"意识流"的手法进行小说创作时，我们看到他对于弗洛伊德的"性本能"是人的原动力的理论产生了强烈的共鸣，他不仅用此理论去分析《西厢记》的人物性格，而且在自己的作品中也表现性本能被压抑的苦恼及其得到宣泄时的愉悦。譬如《残春》这篇带有意识流小说倾向的作品，就写了性本能被压抑及其梦中得到宣泄的全过程，他的大部分表现性爱主题的小说就都带有这种倾向。值得指出的是郭沫若的这类小说虽然带有浓郁的意识流倾向，但在本质上更接近于浪漫主义的自我表现，主体的理性力量及情绪色彩相当浓郁，而不是真正意识流小说那种"作家退出小说"的叙述方式。因此，郭沫若以"性爱"表现为主题的小说更多地与浪漫主义者"人性呼唤"联系在一起，意识流手法的运用只不过使他的"自我表现"更多地具有了大胆的暴露性特征。

在五四时期具有意识流小说倾向的作品基本上都是从如上两个视角接近意识流小说的，这也就决定了五四时期真正的意识流小说并没有出现，但是意识流小说对人的内心世界的重视，以及它所具有的联想、内心独白、心理分析等艺术表现手法，却对中国 20 世纪的文学创作产生了深远的影响。

第二章
五四新文学中的
"浪漫美学"

第一节
解放个性的哲学

郭沫若是五四时期浪漫主义文学的代表作家，他的泛神论哲学与其浪漫文艺美学思想有着密切的联系，因而探讨郭沫若前期泛神论哲学观的内容就成为我们论述其文艺美学思想不可缺少的组成部分。在展开论述郭沫若前期文艺美学思想之前，需要说明的是郭沫若并不是一个美学理论家，他自己并无意去构筑自己的理论体系，他的许多观点都是伴随着创作而提出的，然而我们作为理论探讨，从中理出一个系统的线索也许是必要的。

郭沫若前期泛神论哲学是中西哲学相互交汇的结果，既具有浓厚的东方哲学色彩，又具有西方哲学的内容。郭沫若在谈到自己泛神论哲学的形成时，认为主要有两个来源：一是因为喜欢泰戈尔和歌德，便和哲学上的泛神论亲近了起来。由歌德认识了斯宾诺莎，又发现了少年时所喜欢的庄子。二是由王阳明哲学的导引，认识了老子、孔门哲学、印度哲学及欧洲大陆诸派哲学家，尤其是斯宾诺莎。郭沫若在由东方回到西方，又由西方到东方的往复循环过程中所形成的泛神论哲学思想，完全不同于斯宾诺莎的神学唯物主义哲学观，而是在"万物皆神"哲学观念支配下的属于他自己的哲学思想。

在郭沫若的泛神论哲学中，最高的哲学范畴是"神""道""宇宙意志""Energy（能量）""主体"。这些概念的内涵是相同的，它们都是派生世界万物的本源。他并非如斯宾诺莎那样把"神"看作是物质世界自身的属性，而是把自然与自我都看作是"神"的体现。他说："一切的自然都是神的体现，自我也是神的表现。"① 由于"自我"与"自然"都是神的体现，所以自我与自然就不是对立的，而是以"神"为中介合而为一，根本相通。由此，郭沫若提出了"我即是神，一切自然都是我的体现"② 的观点，由客观唯心主义转化为主观唯心主义，把自我提高到派生世界的地位，使个别的人成为一般的本体，个人的主观精神成为世界的本质，把自我与神、宇宙意志、Energy（能量）统一起来，获取万物创造者的总能量，"进入只见其生而不见其死，只见其常而不见其变，体之周遭，随处都是乐园，随时都是天国"③ 的永恒之乐境界。"欲求此永恒之乐，则先在忘我。忘我之方，歌德不求之于静，而求之于动。"④ 郭沫若的这一哲学思想虽然带有恍惚神秘的宗教色彩和幻想达到永恒之乐的形而上学性，但同时却包含有朴素的辩证法思想。那主观变客观、客观变主观的辩证法，那主观精神对客观世界能动改造的能动论，那一切都在变化的发展观，在五四时代具有极为深刻的现实意义和伟大的历史进步意义。当他在《凤凰涅槃》中唱出天地万物合而为一的欢乐之歌时，不正是借助于"万物即我，我即万物"的泛神论哲学的力量吗？郭沫若由此所表现出的对于祖国新生的热情，对于未

----

① ② ③ ④ 郭沫若：《〈文艺论集〉汇校本》，湖南人民出版社 1984 年版，第 228、229 页。

来美好和谐生活的渴望,不正是对于当时黑暗腐朽社会的反抗吗?郭沫若的《天狗》一诗,则借助于"我即是神"的泛神论哲学思想,喊出了亘古未有的个性解放的声音。他在"万物为一"的境界、在"我"与万物的奇妙变幻中,化为月的光、日的光、宇宙的总能量(Energy),化为一条天狗,把罪恶的宇宙连同我的血肉一同吞掉,洋溢着反叛社会解放个性的强烈叛逆精神。《立在地球边上放号》一诗则充分地表现了大自然常动不息的泛神论发展观,那怒涌的白云、翻滚的波涛所交织成的雄浑交响乐,奏响了人的个性和社会不断发展和创造的最强音,体现着五四思想解放运动大破坏、大创造的时代精神。

郭沫若的这种泛神论哲学思想体现着极为明显的西方哲学的内容。主要包括这样两个方面:(1)由西方浪漫派去认识斯宾诺莎的泛神论哲学时,确定了与德国古典哲学极为相似的性质;(2)在这一思想中同时包含有西方现代派如尼采、叔本华、柏格森等人的哲学思想。

西方浪漫主义文艺运动与德国古典哲学有着极为密切的联系。朱光潜先生说:"德国古典哲学本身就是哲学领域里的浪漫运动,它成为文艺领域里浪漫运动的理论基础。"[1]德国古典哲学就其性质而言可分为两大部分:(1)主观唯心主义,席勒、康德都有这种倾向,费希特最为典型,他们把人的心灵提高到客观世界创造主的地位,强调天才、灵感和主观能动性;(2)客观唯心主义者谢林和黑格尔则把绝对的客观精神,提高到精神发展的顶峰,由绝对精神是自由和无限的来阐明人的心灵是绝对的和无限的道理。对郭沫若发生影响的柯

---

[1] 朱光潜:《西方美学史》下卷,人民文学出版社 1979 年版,第 273 页。

勒律治、雪莱、歌德等都带有如上哲学倾向。当郭沫若从西方浪漫派，特别是歌德的立场去认识斯宾诺莎的泛神论时，确定了他的哲学与德国古典哲学极为相似的性质：（1）由斯宾诺莎"泛神"的观点，推演出万物皆是神的体现的观点；（2）由"我"与"自然"都是神的体现，发现了人与自然根本相通，推演出"我即是神"的主张，把自我提高到派生世界的位置，阐明人的自由和无限。但是由于五四时代西方现代派哲学的渗入和当时特定历史现实的需要，郭沫若又把存在于自然与自我之外的神，转化为"宇宙意志"或者"Energy"，认为"宇宙自有始以来，只有一种意志流行，只有一种大力活用"①。这一发现使郭沫若的自我不仅与自然宇宙合而为一，派生世界，而且使自我具有积极奔腾、一往无前的创造精神，对人的主观能动力量和个性发展的历史要求，强调得更为迫切。这种转化说明了一个极为重要的问题，那就是五四时代中国的个性主义者比西欧的个性主义者，其个性解放的实现要艰难得多。黑暗的社会现实，浓厚的封建意识，资产阶级理性意识的淡漠，迫使他们寻求一种更为有力的思想力量来与整个的社会抗争，而西方现代派哲学对于个性生命力的高度扩张正适合了这一历史要求。郭沫若曾翻译尼采的《查拉图斯屈拉如是说》，在《创造周报》连载，读过柏格森的《创化论》，受到他们的影响肯定无疑。在这里引起我们重视的另外一个人就是日本的厨川白村，现在还没有充分的资料证明郭沫若受过厨川白村的影响，但把郭沫若的《生命的文学》与厨川白村的《苦闷的象征》作一比较，可以发现两者有极为相似的观点。不管尼

① 郭沫若：《〈文艺论集〉汇校本》，湖南人民出版社1984年版，第215页。

采、柏格森、厨川白村的思想有什么不同，但从宇宙意志——生命冲动——生命力来看，则贯穿着对于个性生命力高度扩张的相同思想脉络。

郭沫若的早期哲学思想区别于创造社其他成员哲学思想的一个重要特点，还在于他特别注重用西方哲学具体分析研究中国古代的哲学思想，在这一西方哲学东方化的过程中，郭沫若的泛神论哲学观包含浓厚的中国传统色彩。在传统之中引起郭沫若共鸣的首先是庄子和孔子。庄子认为天地万物之间存在着一个道，"道"是一种无目的而又合目的的存在，人只要合于"道"游于天地，则能成为至善的真人。合于"道"的手段，则是忘知、忘欲、遗世忘意，以无目的超功利的无为态度归于自然。在"自然""我"皆是道的体现的理论支配下，使我与"道"一起游于天地之间。与此相适应，庄子在社会理想上主张人回到无知无思的原始蒙昧社会。庄子的这一哲学思想包含有反抗外在力量压抑的个性意识，这正是五四时代郭沫若走向庄子的基本思想条件，但是在全面反封建、追求个性解放的五四思想解放运动中，郭沫若必然在现代意义上对庄子哲学进行更新和改造。（1）假若说庄子的"道"存在于天地之间，也存在于我之内，我是以"无为"的方式，消极地顺任道的发展，那么郭沫若则是把庄子的"道"看作是"动"的宇宙意志，与此为一，以有为的力之动，反叛整个世界对自我的束缚，把自我看作是世界的创造者；（2）假若说庄子的"道"具有对早期封建社会制度的肯定内容，把君臣、父子、夫妇等尊卑上下的区分看作是不可改变的自然之道，那么，郭沫若早期哲学中的"神"则没有这方面的内容。由此看来，郭沫若所代表的更为主要的是西方现代的哲学观念，但是两者之间也有着深刻的联系：（1）万物与我为一的思想。庄子说："天地与我并生，万物与我为一"，这与郭沫若"万物皆神，我即自然"的思想是相通的；（2）相对主义的思维方式。庄子在论证人合于道，游于天地万物之间，肯定人的个性自由思想时，所运用的是一种相对主义的思维方式，他认为道存万物，因而道亦与我为一，那么万物与我没有区别，我也就是万物。庄子的这种思维方式直接成为郭沫若泛神论哲学论证人与神之关系的思维方式，也可以说郭沫若是以庄子的思维方式，斯宾诺莎万物皆神的本体观念，在各派哲学的融会贯通中，赋予"神"以创造世界的力量，完成了"神""自然""自我"的转化统一过程。

在五四时代的新派人物中，郭沫若几乎是独异的尊孔者。孔子对郭沫若的影响主要在于其社会发展观方面，郭沫若认为："我国的儒家思想是以个性为中心，而发展自我之全圆于国于世界。"① 他又说："孔氏认出天地万物之一体，而本此一体之观念努力于自我之扩充……横则齐家治国平天下，纵则赞化育参天地配天，四通八达，圆之又圆，这是儒家伦理的极致。"② 郭沫若对于孔子思想的把握虽然离孔子本来的思想并不完全一致，但却把握住了儒家的积极入世精神，把个性解放与整个的社会发展联系起来，建立了由一己发展而及全民发展的个性主义与人道主义相统一的社会发展观。这一观点显然是中国传统哲学的人本主义倾向在新的历史条件下，经由西方近世哲学影响改造的结果。中国社会里的人本主义可以说是一种"道德的人本主义"，它把人放在一定的社会关系中考察，在君臣、父子、夫妇、兄弟、朋友等上下有序、尊卑有别的社会伦理规范下，肯定个体的情感活动，去实现人与人之间的仁爱，孔子讲"仁者，爱人"，所说的就是这个道理。因而中国的传统知识分子大都怀有齐家治国平天下的社

---

①② 郭沫若：《〈文艺论集〉汇校本》，湖南人民出版社 1984 年版，第 19、60 页。

会历史责任感，不似西方的人本主义把人作为单个的个人，强调个性解放，有强烈的个人主义倾向。郭沫若在西方近世哲学的影响下，强调个性解放，冲破封建伦理道德的束缚时，把个性解放与民族命运和伦理政治密切联系起来，在发展自我个性的同时发展全民的个性，这很显然具有浓厚的传统哲学内容。当然，西方浪漫主义者改造社会的政治理想也不能说对郭沫若没有影响，但从整体特征来看，应该说更是属于中国的。郭沫若社会发展观的产生同时也不能忽略十月革命的影响，十月革命的胜利，给他追求和谐、自由、美好的社会生活理想灌注进了新鲜有力的活跃生命，但郭沫若对十月革命的真正内容并没有多少深刻的理解，他说孔子是中国的老马克思就正说明了这一问题。

在郭沫若的社会历史发展观中不能忽略的另外一个内容就是对于恬淡无为的太古的向往和对原始生活的敬仰崇拜。郭沫若社会发展观的这种内在矛盾实质上正体现了他的泛神论哲学的内在矛盾。由于郭沫若发展个性的哲学基础是抽象的"神"，人的个性发展力量在"人"与"神"的主观统一中获得，因而带有脱离社会现实的空想性质。当他一旦在现实中遇到挫折时，就容易从狂热的理想境界陷入痛苦的深渊，而向往遥远的太古自由生活，这种思想从人的个性自由角度来看，仍有发展个性、反叛社会现实的进步意义。由此看，郭沫若泛神论哲学的核心问题是解放个性。

郭沫若五四时代的泛神论哲学从宇宙本体角度出发，论证了"人""神""自然"的统一过程，确定了自我创造的地位，进而以个性自由的、创造的、动的力量冲破封建罗网的束缚，以个性独立自由的现代精神，涉足于政治、文学、美学等一切社会活动领域，标志着现代意义上人的自觉。

泛神论与浪漫美学

在前一部分中，我们论证了郭沫若的泛神论哲学是一种解放个性的哲学，在这一部分中我们试图从郭沫若泛神论的基本认识方式出发，探讨郭沫若前期文艺美学的基本思考角度。

郭沫若的泛神论哲学从认识论的角度看不是具有一个统一的、贯穿始终的认识论系统。他说："人到无我的时候，与神合体，超绝时空，而等齐生死。人到一有我见的时候，只见宇宙万汇和自我之外相，变灭无常而生生死存亡之悲感。万物必生必死，生不能自持，死亦不能自阻，所以只见得'天与地与在他们周围生动着的力，除是一个永远贪梦，永远反刍的怪物而外，不见有别的'。此力即是创生万汇的本源，即是宇宙意志，即是物之自身。"① 忘我与此力瞑合，乃是人生永恒之乐。由此可以看到郭沫若所追求的"我"与"本体"的关系有两

---

① 郭沫若：《〈少年维特之烦恼〉序引》，《〈文艺论集〉汇校本》，湖南人民出版社1984年版，第228—229页。

方面的内容：（1）在本体中无我，超绝尘世；（2）见到本体之力量，忘我与此力统一，获得在现实生活中的力量。我们不妨再引用《王阳明礼赞》中的一段话。他说："一方面静坐以明智，一方面在事上磨炼以求仁，不偏枯，不独善，努力于自我的完成和发展。"把两者联系起来，我们能否作这样的类比：（1）本体中无我——静坐明智。（2）从本体中获得生之力量——事上磨炼。由此看来，郭沫若所阐述的人与本体的关系的两个方面，实质上只是从自我出发去认识世界的两种不同方式。他所说的事上磨炼，并非是指人能动地改造客观世界的活动，两者都是为了"自我"的完善。

从以上郭沫若的泛神论哲学所包含的内容，我们可以看到以下几个显著特点：（1）以自我为中心的宇宙观；（2）从自我出发，与神合体的认识方式；（3）以自我为本位的发展观。郭沫若作为一个浪漫主义的诗人，他不像一般的哲学家那样"以客观的分析，求智欲的满足"，而是"以彻底的同情心去求身心的受用"。他说："我想诗人与哲学家的共通点是在同以宇宙全体为对象，以透视万事万物的核心为天职……诗人是感情的宠儿，哲学家是理智的干家子……可是我想哲学中的 Pantheism 确是以理智为父，以感情为母的宁馨儿。"[1]认为"诗人的宇宙观以 Pantheism 为最适宜"[2]，由此看到郭沫若的泛神论哲学并不仅仅是一种哲学上的玄思，除了与当时时代精神的密切联系之外，与他自身所从事的浪漫型诗歌艺术的创作之间有着深刻的内在联系。

---

[1][2] 郭沫若：《论诗》，《〈文艺论集〉汇校本》，湖南人民出版社1984年版，第263页。

一

　　五四时期的郭沫若在他的泛神论哲学体系中强调以自我为中心的宇宙观念，与当时提倡个性自由，张扬自我，反抗封建的时代精神是一致的，郭沫若这种哲学思想和政治思想表现在文学观上就是主张自我感情的彻底表现。

　　从纵的历史发展来看，提倡自我和个性解放是为了中国社会的前进和发展。漫漫几千年的中国封建社会，以儒教为治国之本，儒教等级观念把人们深深地束缚在现存的生活秩序中，教人满足于现有之境遇，只知活着，不求发展。五四时期人的"自我"之提倡，要求冲破这种现有的封建社会体系，使人的创造能力张扬整个世界，使中国社会从"死"的封建状态中恢复到"动"的创造发展之境界。从横向世界的发展来看，个性自我之提倡，是反封建的强有力思想武器。在西欧资产阶级文艺复兴运动中，资产阶级就公开打出了享乐主义、纵欲主义和个性主义的思想旗帜与封建神学的禁欲主义和封建等级制度进行斗争，中国社会要突破封建的牢笼，就必须提倡个性和自由。郭沫若以自我为中心的泛神论哲学体系，恰就适应了这样一种社会思潮，也就是说郭沫若追求个性解放思想的哲学基础就是以自我为中心的泛神论哲学体系。那么，郭沫若的自我个性解放思想包含什么样的内容呢？这是我们探讨郭沫若的泛神论与其浪漫主义文学观联系的重点所在。

　　五四时期社会思想的重要内容是个性解放，但具体到每一个作家或艺术家的思想，其内容是有差异的。那么，郭沫若的个性解放思想包含有什么样的内容呢？郭沫若五四时期的大部分时间是在国外度过的，少年时代对于中国社会底层的生活也缺少了解，他所接触的人大多是对中国现状不满而又富有热情的知识青年。一个富有热情、充满理想的进步青年，那颗在封建思想伦理桎梏中敏感的心灵，感到了强烈的压抑和深沉的苦闷，因而他的行动在少年时代就有苏轼、老庄旷达不羁的风格，他游湖、饮酒、赋诗、读《西厢》、阅《庄子》，醉心于自然，反抗于社会，谋求自我感情的解放。在他成年之后，反抗社会的目的就不只是解放自我情感，而是对整个不合理的社会进行全面的反抗，抒发对于黑暗世界的憎恶，对新生世界的热爱。即使《瓶》中的爱情诗，也不是少年时期一种朦胧的情感向往，而是如泣如诉地写出心中的哀怨和诚心。由此可以看到郭沫若"个性解放"的中心内容是情感解放，直至《文艺论集续集》中的《英雄树》中，他还写道："理想的世界是人欲横流的世界。"郭沫若这种以感情解放为中心内容的个性解放思想完全不同于鲁迅。鲁迅对于中国底层社会，特别是农民阶层有着极其深刻的认识，他在目睹了中国辛亥革命的失败之后，从民主革命的立场出发，对于人们思想中的弊端予以深刻地揭露，他的个性解放思想就在与中国落后愚昧的封建思想的尖锐对立中表现出来。鲁迅反抗社会的中心点不在谋求情感的解放，而在于深刻地剖析中华民族本身所具有的劣根性，因而鲁迅侧重的是人的思想解放。"感情解放"和"思想解放"恰好组成了个性解放的全面内容，因为社会中的人是思想与感情相统一的产物。正因如此，鲁迅和郭沫若成为五四新文学史上的两面旗帜，为人们所敬重和喜爱。

郭沫若以自我为中心的宇宙观，表现在人与社会的政治关系中着重强调以感情解放为中心内容的个性解放思想，表现在文学观上就是要纯真自然地表现自己的全部感情，以自我感情的真挚抒发为艺术创作的中心。他认为歌德所说的"人总是人，不怕就有些微点子理智，到了热情洋溢，冲破人性的界限时，没有什么价值或至全无价值可言"① 是一种无须证明的真理。并且还认为文学的本质是主观的，是有节奏的情绪的世界，从而排斥理性在艺术创作中的作用。

由此我们可以得出这样一个推论：郭沫若泛神论哲学中以自我为中心的宇宙观为他谋求自我情感全面解放的个性解放思想提供了哲学依据，也就为他在文学上主张全面地表现自我感情的浪漫主义文学观提供了哲学依据。因为作为一个诗人谋求自我情感全面解放的个性主张正是通过主情主义的文学创作表现出来的。自我主情主义文学主张的历史意义，也就是与封建伦理道德抑情状态的对立中产生的自我情感全面解放的个性解放思想的意义。

二

郭沫若的泛神论哲学体系中的"自我"，并不是一个僵死的、凝固的自我，而是一个与万物融为一体，充分展开的自我。他在《波斯诗人莪默伽亚谟》一文中认为："把一己的全我发展出去，努力精进，圆之又圆，灵不偏枯，肉不凌辱，犹如一只帆船，既已解缆出航，便努力撑持到底，犹如一团星火，既已达到烧点，便尽性猛烈燎原，这便是至善的生活，这便是不伪的生活。"这就是郭沫若所理想的运动着的"自我"的至美境界。郭沫若所追求的这个生机勃勃的自我，在他的泛神论哲学体系中与整个自然融为一体。正是"认出天地万物之一体，而本此一体之观念，努力于自我之扩充，由近而远，由下而上。横则齐家治国平天下，纵则赞化育参天地配天，四通八达，圆之

---

① 郭沫若：《〈文艺论集〉汇校本》，湖南人民出版社 1984 年版，第 228 页。

又圆"①。"这样才能内外不悖而出入自由"②，"人才能创造出人生之意义"③。郭沫若这种与天地万物融为一体的认识方式具有什么样的特点呢？这是我们探讨郭沫若泛神论哲学中的第二个特点——从自我出发与自然万物融为一体的认识方式和其浪漫主义文学观联系的核心所在。

我们认为，郭沫若与天地万物融为一体的认识方式有这样两个方面：（1）绝对的统一观念。郭沫若的泛神论哲学中"神"与"人"是统一的，两者统一的结果是为了"人"的全面发展，人的全面发展又在与"神"合一中获得力量，也就是说郭沫若泛神论哲学中的神即是人，人即是神。此所谓绝对的统一观念。（2）同步的发展观念。郭沫若在《中国文化之传统精神》一文中说："净化自己，充实自己，表现自己，这些都是天行。不过天能自然而然，吾人便要多大的努力。"由此可以看到自我之所以发展是因为其适应了天道的发展，即"人"与"神"与"天道"是同步发展的。郭沫若认识世界方式上的上述两个特点表现在他的文学主张中，主要有两个方面：（1）对于自然的赞美和崇拜，因为"神"与"人"，是绝对统一和同步发展，所以只要表现了外在的自然，也就是彻底表现了自我。（2）主张艺术家在创作过程中要进入无我的境界。他说："德哲 Schopenhauer（叔本华）说，天才即纯粹的客观性（Reiue Objektivitat），所谓纯粹的客观性，便是把小我忘掉，溶合于大宇宙之中，——即是没我。"④因"我"与"神"

---

①②③④ 郭沫若：《〈文艺论集〉汇校本》，湖南人民出版社1984年版，第60、124页。

是绝对统一和同步发展，使他认识到只要忘却自己，融合于神，便能获得世界的真谛。在艺术创作中，只要使自己首先成为一个艺术的人，然后"发而为画，发而为诗，自然是伟大的作家"①。这种思想表现在人生观上认为人生的积极享乐就是陶醉于一种对象之中，以此忘却自我，把自身的小我推广为人类的大我。艺术创作中的"无我"，也正是为了把小我的感情推广成人类的感情，进而达到强烈的共鸣力量。

三

郭沫若的泛神论哲学是适应于五四精神的哲学，他与自然合而为一是为了获得力量，张扬自我，反抗于社会，求得新生和发展，所以他的前期哲学具有鲜明的立足于自我的发展观念。他说："把一切的存在看做动的实在之表现！把一切的事业由自我的完成出发！我们的这种传统精神——在万有皆神的想念之下，完成自己之净化与自己之充实以至于无限，伟大而慈爱如神，努力四海同胞与世界国家之实现的我们这种二而一的中国固有的传统精神，是要为我们将来的第二的时代之两片子叶的嫩苗而伸长起来的。"②郭沫若这种由自我之发展以促进全民之发展的发展观念也就是要发展自我的个性以促进全民的个性发展。郭沫若这种以自我为本位的发展观念体现在与他的浪漫主义文学观的联系中，大致有如下几个方面：

------

①② 郭沫若：《〈文艺论集〉汇校本》，湖南人民出版社 1984 年版，第 124、16 页。

（1）从自我情感入手，研究文学的发生和本质。郭沫若认为文学的演进已有几千年的历史，"无论从个人或社会的发展史上去考察，空间艺术的发生是后于时间艺术的，时间艺术是情绪自身的表现，空间艺术是构成情绪的素材的再现"[1]。两者所表现的同是情绪的世界，所不同的只是方法上的问题。郭沫若把人的情感看作是文学发展史的中心线索，进而认为文学产生于人类之初的情感直觉，文学的本质是主观的。郭沫若的这一观点与其以自我为本位的发展观念是紧密相联的。社会的发展依赖于自我个性的发展，那么文学的产生和发展必依赖于创作家个人的主观世界，而在郭沫若那浪漫主义的主观世界里的全部内容——便是他那丰富而又充沛的情感。

郭沫若从以自我为本位的发展观念出发，揭示出文学艺术的世界是情感的世界，在当时历史条件下的现实意义就是牢固地确立了他的文学是表现自我感情的艺术观点，为他反抗封建抑情道德的"个性感情解放"在文学中得到表现寻求理论上的证据。

（2）郭沫若以自我为本位的发展观念，表现在文学的发展观上，认为文学的发展本于自我的创造。郭沫若说："诗的主要成分总要算是'自我表现'了，所以读一人的诗，非知其人不可。海涅的诗要算是他一生的实录，是他的泪的结晶。"[2]那么，这个自我具有什么样的特色呢？他说："艺术家总要先打破一切客观的束缚，在自己的内心中找寻出一个纯粹的自我来，再由这一点出发出去，如像一株大木从种子

---

① 郭沫若：《沫若文集》第 10 卷，人民文学出版社 1959 年版，第 222 页。
② 郭沫若、田汉、宗白华：《三叶集》，上海亚东图书馆 1923 年版，第 133 页。

的胎芽发现出来以至于摩天，如像一场大火由一株星火燃烧起来以至
于燎原，要这样才能成个伟大的艺术家，要这样才能有真正的艺术出
现。"[1] 由此可以看到郭沫若所认为的真正的艺术，是由自我的创造而
产生的，所以，郭沫若主张一个诗人首先要创造自己圆满的人格，追
求自己个性的全面发展，也就是说"在成为一个艺术家之先，总要先
成为一个人，要把我们这个自己先做成一个艺术"。

郭沫若在《自然与艺术》一文中考察各个时期、各种文学流派的
特点时，也正是从"艺术是自我创造"这一基点出发的，他认为 15 世
纪的意大利文艺复兴是在效法自然，19 世纪的自然派、象征派、印象
派也都是受动的文艺，而不是创造的文艺，目的只在做个自然的肖子，
还没有达到创造的阶段，而 20 世纪文艺是要做自然的老子，剪裁自
然加以综合创造，赋予自然以生命，使自然再生。从这里我们可以看
到在郭沫若的思想中，文学历史的发展只是人和世界的一种直观情感
因素在起作用。文学历史发展的必然结果就是要求创造性的自我艺术
出现。

通过以上简述，可以看到郭沫若的泛神论哲学中所强调的主观能
动力量，在"五四"的历史条件下，不仅对于他的艺术创造、人生追
求，就是对于社会的发展都有着极重要的意义。

---

[1] 郭沫若：《印象与表现》，《时事新报》副刊《艺术》第 33 期，1923 年 12 月 30 日。

郭沫若的浪漫文艺美学 *

　　五四运动作为一场伟大的思想解放运动，给文学创作所带来的直接影响，就是文学创作主体摆脱封建理性的束缚，获得了空前的解放和自由。郭沫若作为一个优秀的浪漫主义作家，感应着五四时代潮流，以"文学创作主体"为核心，论述了艺术美的主观与客观、情感与理性、无目的与有目的等重要问题，虽然他的论述充满了困惑和矛盾，但他对于"文学创作主体"的高度重视，却鲜明地体现着一种迥异于封建传统美学的崭新现代美学观念。

一

　　前期创造社曾宣称：他们"本着内心的要求、从事文艺的活动"。郭沫若作为创造社的核心人物，也同样认为"文学的本质是主

＊该节原载《江汉论坛》1987 年第 12 期。

观的，而不是无我的"[①]。郭沫若把人与美的关系引向人的心灵自身，提出了"生命是文学的本质，文学是生命的反映"[②]的美学观点。他所说的"生命"，是指从宇宙自然到人类都具有的能量。"能量"作为生命的本质，同时也是文学的本质，它所具有的内涵和外延是极为丰富的。

要理解郭沫若所说的"能量"，就必须与其前期哲学联系起来考察。郭沫若前期哲学中的最高范畴是"神""道""宇宙意志""本体""能量"等，这些概念的内涵在郭沫若的前期哲学中都是指创造世界万物的本源。他说："一切的自然只是神的体现，我也只是神的体现。"[③]由于自我与自然都是神的体现，所以自我与自然就不是对立的。由此，郭沫若提出了"我即是神，一切自然都是自我的体现"的观点，把自我提高到派生世界的地位，使个别的人成为一般的本体（"道""神""能量""宇宙意志"等），把自我与"神""宇宙意志""能量（Energy）"统一起来，获得万物创造者的总能量，进入个性高度自由发展创造的境界。表现在美学上，就是他那主观变客观、客观变主观的辩证法，使他找到了把握文学主体与现实之间的关系的武器。在郭沫若看来，"一切物质皆有生命，无机物也有生命，一切生命都是Energy底交流，宇宙全体只是个Energy底交流"[④]。文学创作就是储存了"能量"的文学家的心灵表现，所以"能量"不仅可以使文学创作主体的主观精神世界与外部客观世界相联系，同时也可以把主

---

① 郭沫若：《文学的本质》，《文艺论集》，人民文学出版社1979年版。
②④ 郭沫若：《生命的文学》，《时事新报》《学灯》，1920年2月23日。
③ 郭沫若：《〈文艺论集〉汇校本》，湖南人民出版社1984年版，第228页。

体的"主观精神"提高到至高无上的地位，使文学主体的主观世界包含有客观性内容，但又不被客观所束缚。郭沫若认为"人类的精神为种种功利的目的，占有的欲望所扰，人类的一切烦乱争夺尽都从此诞生，欲消除人类的苦厄则在效法自然，于自然的沉默之中听出雷鸣般的说教……人能泯却一切的欲望而纯任自然，则人类精神自能澄然清明，而人类的创造本能自能自由发挥而含和光大"[①]。因而可以说，郭沫若要求人以无目的精神归于自然，与"能量"合一时，不是否定人生，而是否定人的自私占有欲，在虚幻的境界中，把人的个性创造力作了无限的强调。

由于郭沫若所说的这种自由自在的不受一切束缚的创造力，有着趋于自然的和谐与宁静，博大与生机不息的特点，于是便形成了文学创作主体的第二个特点，即对于社会的反抗和对于光明的自由追求。"文学是反抗精神的象征，是生命穷促时叫出来的一种革命。"[②]这样，能量作为一种本能力量，就具有了极为强烈的斗争性。文学创作主体就凭借这种自由的生命力，大胆地反叛一切，呼唤着光明与自由的到来。

郭沫若把美的本源归结为人的至善至美的主观精神，就是对于人的主观情感的强烈推崇。他认为："诗是情绪的直写。"[③]"诗的主要成分总要算是自我表现了。"[④]郭沫若之所以这样毫无顾忌地把"自我情感"提到文学艺术的本质高度，就在于他发现了"自然"与"生

---

① ② 郭沫若：《〈文艺论集〉汇校本》，湖南人民出版社 1984 年版，第 20、238 页。
③ 郭沫若：《文学的本质》，《〈文艺论集〉汇校本》，湖南人民出版社 1984 年版，第 279 页。
④ 郭沫若、田汉、宗白华：《三叶集》，上海亚东图书馆 1923 年版，第 133 页。

命"之间的那种内在联系，看到了人归于自然，与"能量"合一，是实现个性自由创造的一条途径，也是实现"美"的一条途径。他认为："诗的创造贵在自然流露，诗的生成，如像自然物的生存一般，不当参以丝毫的矫揉造作，我想新诗体的生命便在这里。"[①] 他的这一观点不仅肯定了"真"的自我情感是美的基本特征，同时也体现着极为深刻的善的价值。

郭沫若以情感的"真"为核心的真善美的统一观，是体现着一种迥异于古典美学的崭新趋向。在"古典"美学中，"真"的情感表现虽然是美的至为重要的特征，但要"止乎礼义"。如今郭沫若把"真"和"自然"联系在一起，并且以人的自然本能冲动作为艺术创作的原动力，就彻底地否定了外在的"礼义"法则，洋溢着为封建道德所不能容忍的个性解放精神。

郭沫若正是从这种浪漫主义创作精神出发，在他的作品中把变革时代骚动不安的内心激情和幻想，淋漓尽致地表现出来了，把人带进了一个生机勃勃、奇异变化、主体情感高度自由的境界。它表明：一种崭新的美学原则在中国的土地上诞生了。

二

郭沫若把文学创作主体的情感看作是艺术美的核心，那么这种情感如何才能纯真自然地表现出来呢？作为这一理论的直接延伸，郭沫

---

① 郭沫若：《论诗》，《〈文艺论集〉汇校本》，湖南人民出版社 1984 年版，第 265 页。

若提出了艺术创作的"直觉"问题。

在郭沫若看来，艺术创作就是诗兴涌来之时，诗人在不自觉的迷狂状态从心灵中流泻出来的情感，是写出来的，而不是"做"出来的，是情感支配下"身不由己"的表现，而不是自觉的理智控制下的有意识活动，所以郭沫若认为"诗的原始细胞只是些单纯的直觉，浑然的情绪。"[①] 诗人认识世界，把握万事万物的手段，"只有纯粹的直观"。[②]

郭沫若推崇艺术创作的直觉性，是与其艺术创作中的灵感体验密切相关。在谈艺术创作经验时，他不止一次地描述过那种近似于迷狂的灵感体验。他说，在写《凤凰涅槃》的时候，伏在枕上只是火速地写，全身有点作寒作冷，连牙关也在打战，"那明白地是表现着一种神经性的发作"。郭沫若对于艺术创作中的这种心理现象，曾用形象的语言加以说明"我想诗人的心境譬如一湾清澄的海水，没有风的时候，便静止着如像一张明镜，宇宙万汇的印象都涵映着在里面，一有风的时候，便要翻波涌浪起来，宇宙万类的印象都活动着在里面，这风便是所谓直觉、灵感（Inspiration），这起了的波浪便是高张着的情调，这活动着的印象便是徂徕着的想象，这些东西，我想来便是诗的本体，只要把它写了出来的时候，它就体相兼备。"[③] 由此看来，郭沫若所理解的"灵感"，是直觉激情驱使下的一种无意识情感活动，是创作主体的理性观念所不能控制的自由表现。

郭沫若的这一思想，从表面上看，似乎否定了文学创作主体的能

[①][②][③] 郭沫若：《论诗》，《〈文艺论集〉汇校本》，湖南人民出版社 1984 年版，第 267、263、259 页。

动创造力量，使文学创作主体仅仅处于一种被动的表现状态，这种对文学创作主体理性观念的漠视，正是从艺术创作的本身规律出发，最大限度地实现了"文学创作主体"自身的价值。

在艺术创作的"灵感"境界中，创作主体是以双重姿态呈现着的，也就是说，在郭沫若所描绘的那种"灵感爆发状态"是将创作主体分化为二重人格，一是以直觉和想象为核心的纵情表现，这一主体可以称作是"表现主体"。而另一主体则在表现主体的背后，密切注视着调节着表现主体的运动和发展，这一主体可以称作是理性的控制主体。从艺术的创作过程来看，文学创作主体的"自我表现"，不仅是运用想象积极组织感觉世界的材料加以自由地创造，同时也表现在对想象活动的控制和调节上。"文学表现主体"在创作过程中是热情的主要承担者，在"灵感"爆发，心灵被狂热的情感所控制和牵引时，他往往呈现为如醉如痴，忘知、忘欲、忘自身的情感表现状态。唯其如此，文学创作主体的"情感"作为浪漫主义主情艺术的创作材料，才能在艺术作品中以最为完整的形态表现出来。正是由于此种原因，郭沫若极为推崇与文学创作主体紧密相关的"直觉"，认为诗人是感情的宠儿。透视万事万物的核心利器只有"纯粹的直观"。文学艺术家是属于"直观的美的天才"。郭沫若这种建立在情感自由基础上的直觉创作论，显然忽略了艺术创作过程中的"理性"作用，也就是忽略文学创作过程中"控制主体"的力量。郭沫若的这一思想在五四时代所具有的重要意义和价值就在于直接冲破了封建理性对美的束缚，他的这种文艺美学主张，无疑是具有现代意义的。

郭沫若把艺术美的核心归结为文学创作主体的主观情感，把艺术的创作过程看作是文学创作主体情感的巨大艺术冲动和灵感境界不由自主的直觉表现，那么文艺的社会职能是什么呢？这是纠缠着包括郭沫若在内的所有"五四"现代作家的一个重要问题。郭沫若对这一问题的回答，也是极为复杂的。他从文学创作主体的角度出发，一方面认为艺术的本身并无所谓目的，它的目的就在于艺术自身，另一方面又要求艺术要具有强大的社会功利价值，要有提高人性，改造社会的力量。这两种倾向显然是互相对立和矛盾的。但在郭沫若前期美学观中却具有某种统一性，体现着他对文学创作主体自身能动力量的高度重视和对于人类生活不断趋于完善的热烈渴望。

探讨郭沫若的文艺职能观，我们绝对不能忽略这样一个广阔的历史背景，即五四时代是以人的解放和民族的解放这两大时代主题为核心的一场伟大的思想革命运动。郭沫若作为一个具有民主主义革命思想的现代作家，在新的历史环境和社会思潮中，清楚地认识到封建社会制度与思想意识给社会进步所带来的巨大灾难，痛切地看到自己民族在弱肉强食的世界舞台上所处的可悲可怜的地位。郭沫若正是在这样的历史背景下展开了他对于艺术美的追求和对于艺术功利目的探索。

郭沫若从浪漫主义文学创作主体的情感立场出发，认为文学艺术是有极强大的社会功利价值的。这种价值就在于文学作品通过情感来统一人类的感情，使生活美化。在他看来，艺术的社会功利价值在很大程度上是艺术作品必然产生的客观结果，并不是诗人在创作过程中就具有这种功利动机，所以他在《文艺之社会的使命》一文中认为文学艺术的创作"如一阵春风吹过池面所生的微波，是没有所谓目的……不过凡是一种社会现象产生，对于周遭必生影响……文艺乃社会现象之一，故必发生影响于社会"。因而他提出了"创作上当持唯美主义，鉴赏上当持功利主义"的矛盾主张。这是因为他在文学创作主体的无目的直觉情感表现中，看到了有目的的社会效果。也就是说他看到了美一方面具有无目的的自由特性，同时又具有合目的性的社会品格，在两者的矛盾中看到了某种统一。这种统一就在于文学创作主体的情感表现是以艺术美为核心的。他说："真正的诗，真正的诗人的诗，不怕便是吐嘱他自己的哀情，抑郁，我们读了，都莫有不足以增进我们人格的，因为诗是人格的创造的表现，我们感得了这种冲动，对于我们的人格上，灵性上不能不生影响。人性是普遍的东西，个性最彻底的文艺最为普遍的文艺，民众的文艺。"[1] 很显然郭沫若试图以"个性"是普遍的人性来寻求"无目的自由情感的表现"与社会之间的联系，所延伸出的客观社会功利价值学说，才有其合理价值和存在的意义。郭沫若的前期诗歌，也正是以个性自由为核心的反帝反封建的思想和以"个性解放"为核心的普遍社会力量的一致，才引起了青年知识分子的强烈共鸣，在社会上产生了广泛的影响，在文学史上留下了不灭的光辉。

尽管郭沫若关于文艺职能的理论存在着片面性，但是他从文学创作主体的角度，高扬起了文学创作主体本身的主观能动力量，把文学创作主体从"文以载道"的封建理性文学观念中解放出来，标志着我国现代文学具有现代意义的人的自觉和文学的自觉。

---

[1] 郭沫若：《论诗》,《〈文艺论集〉汇校本》，湖南人民出版社1984年版，第255页。

西方浪漫派与郭沫若

毫无疑问，郭沫若走向浪漫主义的文学之路，与其自身的思想状态、心理条件及新的社会思潮和社会变动有着极其密切的联系。如果我们把郭沫若前期美学观放在中西文化相互交汇撞击的广阔历史背景下加以考察，那么我们会发现郭沫若前期美学与西方浪漫美学和西方现代美学之间有着极其深刻的内在联系，是他们直接给郭沫若带来了崭新的美学观念，是他们以"个性自由精神"的力量，唤醒了郭沫若的个性自觉意识，进而走进中国社会，反叛封建传统，扬弃封建传统，建立起有异于传统浪漫美学的崭新浪漫派美学观。

我们首先从郭沫若前期美学的三方面内容来看一下他与西方浪漫派美学的联系。

西方浪漫主义兴起于 18 世纪中叶，是在文学、哲学以至政治文化的广泛领域中，向传统——古典主义挑战的文化运动。它反映了资产阶级的强烈发展愿望和个人充分发展的历史要求。他们似乎厌倦了以往的理性启蒙精神，渴望和崇拜自然，追求自由。五四运动作为一场反叛封建，追求个性解放的伟大思想解放运动与西方浪漫派运动有着某些相似的内在精神。郭沫若正是感应着五四新文化运动，走向了西方浪漫派美学。通过歌德、雪莱、华兹华斯、惠特曼等人，深刻地领悟了西方浪漫派的美学主张。

西方浪漫派是崇拜自然，信仰情感中的自我，追求个性自由发展的。这一文学思潮的哲学基础是德国古典哲学。德国古典哲学本身就是哲学领域里的浪漫运动，它成为文艺领域里浪漫运动的理论基础。德国古典哲学就其性质而言，可分为主观唯心主义和客观唯心主义两大部分。席勒、康德都有主观唯心主义倾向，费希特最为典型。他们把人的心灵提高到客观世界创造主的地位；黑格尔的客观唯心主义最为典型，他把理念看作是世界的本源，并且把人提高到精神发展的高峰，阐明人不仅是自为的，而且还说明在自在自为的这个意义上，人才是绝对的和自由的，歌德、柯勒律治都带有如上哲学倾向。在这样一个哲学基础上，人的个性、自由、尊严，在西方浪漫派那里得到了强烈的推崇。从美学的角度看，则把人的情感提高到了首要地位，把艺术美的本质归结为主观性。在文学作品中，内心生活的描绘则往往超过对客观世界的反映，想象占据了极其重要的地位。在这里，理解西方浪漫派以主观情感为艺术美本质特征的观念和理解郭沫若以主观情感为艺术美的核心的思想一样，"发现自然"和"信任情感中的自我"仍然是两个至为关键的问题。

在西方浪漫派那里，人的自然表现的主观情感是衡量艺术作品是否"美"的准绳。华兹华斯在《抒情歌谣集》序言中说："一切好诗都是强烈感情的自然流露。"这句话在西方浪漫派那里得到了广泛的拥护。雪莱所说的"人不能说，我要作诗"也同样说明的是诗的创作应如一阵风吹过埃奥利亚的竖琴所发出的声音，是内在感情的自然流露。歌德也表述了同样的主张，他认为"人总是人，不怕就有些微点子的理智，到了热情洋溢、冲破人性的界限时，没有什么价值或至全无价值可言"①,"我这心情才是我唯一的至宝,只有他才是一切的源泉,一切力量的,一切福佑的,一切灾难的"②。由此看来,"自然"不仅作为与城市文明相对立的客观世界为浪漫派所推崇,更为重要的是作为一种理论,把人性置于一种"自然"状态,抛弃外在的理性法规,追求人的自由,为西方浪漫派所热爱。因而"艺术是主观情感的自然流露"成为西方浪漫主义者对于艺术本质的基本认识。郭沫若认为艺术的核心是主观情感的自然流露,无疑与西方浪漫派的基本观点是一致的。郭沫若在日本留学时,曾读过歌德的《诗与真》,他还翻译过《少年维特之烦恼》,读过雪莱的诗,受到他们的影响也是肯定的。他在《〈少年维特之烦恼〉序引》中,谈到与歌德相通的第一点便是他的主情主义文学主张,同时也谈到回归自然的人生追求是他们所一致的思想。在《论诗》一文中,他则直接借用了雪莱"人不能说,我要作诗"的话,阐明文艺的创作是感情的自然流露的观点。

艺术美的核心是主观情感的自然流露,作为西方浪漫派和郭沫若相一致的美学主张,在艺术美的创造过程中,他们表现出一个相同的倾向,就是把艺术美的创造过程看作是诗人情感含有本能性、直觉性的灵感冲动,把情感和理性对立起来,来把握艺术的情感性特征。雪莱就说:"诗不像推理那种凭意志决定而发挥力量。人不能说,'我要作诗',即使是最伟大的诗人也不能说这类话。因为,在创作时,人们的心境宛若一团行将熄灭的炭火,有些不可见的势力,像变化无常的

①② 转引自郭沫若:《〈文艺论集〉汇校本》,湖南人民出版社1984年版,第228页。

风，煽起它一瞬间的光焰，这种势力是内发的，有如花朵的颜色随着花开花谢而逐渐褪落，逐渐变化，并且我们天赋的感觉能力也不能预测它的来去。"[1] "诗的才能所含有的这种本能性与直觉性……正如婴孩在娘胎中逐渐长成那样，并且那指挥着手来造形的心灵也不能替自己说明那创造过程中的起源、程序或手段。"[2] 雪莱强调诗歌艺术创作中情感表现的本能性和直觉性，同时他们也都特别重视"想象"在艺术创作过程中的作用，特别是雪莱在《为诗辩护》一文中认为"诗可以解作想象的表现"。郭沫若在《论诗》一文中，就曾认为诗的核心因素是直觉（或曰灵感）、情调和想象。由此可以看到郭沫若对于诗的整体性美学认识与西方浪漫主义有着密切关系。当诗人在创作过程中，完全被包含有直觉性的灵感所支配的时候，对郭沫若发生影响的雪莱和歌德都否认诗歌创作中具有明确的功利动机。雪莱说："诗是不受心灵的主动能力的支配。诗的诞生及重现与人的意识或意志也没有必然的关系，若果断言意识及意志是一切心理因果关系的必要条件，这实在是臆测之论，因为我们所经验到的心理作用的后果都不容易归因于意识及意志。"[3] 郭沫若也表述了和他们相似的观点，认为诗歌艺术创作是一种直觉的情感活动，与人的功利动机并没有多少联系，艺术家如果过多地顾及功利目的，艺术品绝不会"深刻地动人"和具有"永远的生命"价值。

通过如上郭沫若与西方浪漫派作家之间的具体影响分析，我们发现他们探究艺术问题的角度和出发点有着惊人的一致性。他们共同地

---

①②③ [英]雪莱：《为诗的辩护》，《古典文艺理论译丛》第1辑，人民文学出版社1961年版，第105、108页。

把审美主体的内在情感看作是艺术美的核心，强调审美主体的内在主观力量，强调主体的直觉和灵感，轻视客观和理性，因而也可以说是西方浪漫派给郭沫若带来了艺术美的崭新观念和对于艺术美本质特征的独特认识。

西方现代派与郭沫若

郭沫若具有现代理论形态的美学观念的产生，与上世纪末本世纪初的一些西方现代派美学之间也有着不可分割的密切联系。

郭沫若对于西方现代派美学观念的接受和选择，其思想内部相联系的纽带主要有两个方面：一方面，郭沫若的个性自由解放思想和西方现代派追求自我个性自由发展、反抗社会压抑的思想有着共同的一致性。另一方面，郭沫若以自我情感为核心的浪漫主义主情美学观与西方现代派以"自我"为核心的美学观在某种程度上能够吻合。正是由此，郭沫若从个性自由解放的立场和浪漫主义的审美角度出发，对西方现代派表示了欢迎。但是，西方现代派美学的渗入并没有改变郭沫若前期美学观的浪漫主义性质，只不过在某种程度上，强化了浪漫主义美学的某些方面。

郭沫若与西方现代派美学的联系首先表现在艺术美的本质看法上。

郭沫若提出"生命是文学的本质"时，虽然并没有脱离开浪漫主义者崇尚自然和信任自我情感的基本观点，认为"生命"的内容就是源于"自然物质世界"中的 Energy，就是人的"情感""意识"等主观内容，但这一观点的提出与柏格森的"生命哲学"和厨川白村的《苦闷的象征》有着极其密切的联系。两者之间虽然有相同的地方，但也有着极为明显的不同。最为主要的是郭沫若所讲的"生命"是从自然中发现的具有创造一切力量的"Energy"，具有纯真，自见光明，谐乐、感激、温暖、必真、必善、必美的特征，而厨川白村所讲的"生命"则是超脱善恶，只是一任突进和飞跃。很明显，郭沫若凭借自然之力，发现生命的意蕴，强调人的情感不仅要真，而且要有善的价值，仍旧体现出与西方浪漫派的一致性，但厨川白村"生命文学观"对郭沫若的影响，显然使郭沫若"情感表现"理论，获得了更有力的理论依靠。

郭沫若前期美学观中这种"生命力"的发现，与尼采、叔本华的"意志哲学"也有某些联系，但与厨川白村相比较而言，也许就缺乏单独讨论的必要了。在这里值得一提的是德国表现主义对郭沫若所产生的影响。

表现主义在政治主张上极为重要的特点就是对于人的重视。巴尔认为，表现主义的问题在于"人要重新发现自己"。他们强烈地意识到在现代工业社会中人的本性被剥夺，自然被非人化，人被机器所控制，不再有任何自由和自我决定，所以他们要求从人的异化中，重新发现自己。在艺术上主张艺术家去经历一切，凭借主观精神进行内心体验，体验的结果产生一种激情，这种激情经久不衰，并无限扩张，包容一切。艺术家就是要以这种激情来表现事物的幻象，所谓幻象，是事物的更深一层形象，亦即事物纯粹的真实。因而表现主义者"不是模仿自然"。五四时期的中国虽然还没有进入现代工业社会阶段，但是在反抗一切束缚，争取人的自由方面，表现主义与五四精神有相通之处。特别是作为一种美学理论，表现主义同一世纪前的浪漫主义精神有许多内在的联系。巴尔认为表现主义不过是歌德所强调的主观说的发展。郭沫若在《创造十年》中，也曾认为表现主义那一派人，把歌德的"由内向外"（Von Inner nach Aussen）的一句话作为了标语，他译过《浮士德》第一部之后，感觉着了骨肉般的亲热。由此看来，歌德的"由内向外"，作为表现派注重"自我内心表现"的理论基础，使郭沫若通过歌德，深刻地领悟了表现派的主张；反过来，又促使郭沫若加强了对浪漫派"自我表现"论的认识。郭沫若在《自然与艺术》这一篇对表现主义共感的文章中，就把"自我"提高到绝对至上的地位，要求艺术家打破自然的束缚，做自然的老子。在这里固然体现着郭沫若浪漫主义推崇"自我"的理论主张，但对"自然"的藐视，则显然已超过浪漫主义的理论框架，而有表现主义的理论因素。

郭沫若从"自我情感"表现论出发，所接触到的西方现代派美学还有弗洛伊德的"文学是苦闷的象征"说，克罗齐的"直觉表现"说等。郭沫若在《〈西厢〉艺术上之批判与其作者之性格》一文中，就曾对弗洛伊德学说作了批判的吸收，认为唯有"精神上的种种苦闷始生出向上的冲动，以此冲动以表现于文艺，而文艺之尊严性始确立"，强调文艺的反抗性特征。

克罗齐对于郭沫若的影响是深远的。我们认为克罗齐对于郭沫若所产生的影响，主要的不在于对于艺术美的本质问题的看法上，而在于对于审美直觉和艺术创作的"直觉性"的看法上，郭沫若对于审美直觉的认识同时也受到了柏格森的影响。

西方浪漫派也是推崇艺术创作的直觉性的，但是，西方浪漫派在强调艺术创作的直觉性和灵感时，并不否认艺术家对于世界的理性认识能力。华兹华斯说："我们的思想改变着和指导着我们的情感的不断流注，我们的思想事实上是我们以往一切情感的代表。"[①]但是西方浪漫派在强调艺术直觉和灵感冲动时，把人的情感看作是"像风一样掠过琴弦"的自然流露，因而，他们往往把艺术直觉情感和理性对立起来，表现出理论上的矛盾。郭沫若对于艺术直觉的认识，基本上属于浪漫主义的范畴，他强调直觉、灵感，同样也意识到理性的力量。当他在此基础上，接近了克罗齐和柏格森之后，对于艺术直觉的突出强调，则远远超出西方浪漫主义，使其浪漫主义美学观内部本已存在的矛盾变得更加尖锐，在承认艺术家也有理性追求的同时，在艺术创作过程中，却彻底地排斥艺术的理性能力，认为艺术家认识世界的能力只有纯粹的直观，艺术家是属于美的直观的天才。这种观点的提出，很显然与克罗齐和柏格森的直觉论有着密切的关系。

　　克罗齐创立了四种人类活动和四种天才形式的理论。这四种活动理论是：一是美学直观上的（由作家和艺术家进行）；二是逻辑推理上的（这种活动包括哲学家和科学家）；三是伦理道德上的（圣人、道德家和精神领袖）；四是经济上的（政治家和经济学家）。克罗齐的美学理论所研究的就是艺术家和作家所进行的直觉活动。在他看来，直觉的艺术和理智的认识是相对立的。直觉被克罗齐看作是一种完善的、无所不包的认识形式，所以他认为，艺术即直觉，直觉就是抒情的表现，与人的意志、功利动机和道德没有联系。郭沫若在《天才与教育》一文中就接受了克罗齐这种关于人类智能划分的观点，从而突出强调了艺术家的直觉能力。

----

① ［英］华兹华斯：《〈抒情歌语集〉序言》，《古典文艺理论译丛》第 1 集，人民
　　文学出版社 1961 年版，第 4 页。

　　柏格森对于郭沫若的影响，也在于对"直觉"的重视和强调以及
对直觉的特质和内涵的理解。在柏格森看来，审美的直觉是直觉的一
种特殊变种，它与理性的死板的作用无关，是艺术家自我表现的高级
形式。就是它引导艺术家和仿佛被艺术家催眠了的听众去理解世界的
隐秘实质，去认识那超理性的，在概念中认识不到的本体生命的冲动，
并通过"直觉"所引起的情感主观传达和表现出现实世界的本质，所
以在柏格森看来，完全摆脱了实际利益和政治目的的真正艺术家，才
通过直觉，真正认识了那摆脱了物质的"绵延"——生命的冲动。由
此看来，郭沫若在《论诗》中提出"诗人与哲学家的共通点是在同以
宇宙全体为对象，以透视万事万物的核心为天职，只是诗人的利器只
有纯粹的直观"时与柏格森的"直觉说"有着某些联系。

　　郭沫若在很大程度上是从浪漫主义美学的角度去认识西方现代派
美学并与西方现代派建立某种联系的，所以他在接受西方现代派的美
学理论，突出强调美的主观性和直觉性时，并没有忘掉一个诗人能够
唤起人类对于美的生活的渴望和能够提高人类的道德情操的职责，从
而使他在对美的目的认识上，呈现出复杂的矛盾形态。从郭沫若与西
方现代派相联系的角度看，这种矛盾主要体现他对王尔德唯美主义美
学观的理解方面。

　　郭沫若感兴趣的唯美主义理论家是佩特和王尔德。郭沫若早期翻
译的一篇重要的文艺论文就是佩特《文艺复兴》序论的节译。倘若说
佩特注重美感享受的文艺批评原则，使郭沫若更进一步地理解了浪漫
主义者注重情感、注重艺术、以美的力量深入人心的理论主张，那么
王尔德对郭沫若的影响所呈现出的状况就较为复杂一些。一方面，郭
沫若从艺术是以其本身为目的原则出发，在柏格森、克罗齐认为艺术
是没有任何外在目的的直觉表现影响下，提出了艺术的价值不在于有
益于人生，而在于它像蚕吐出丝一样柔和、润泽，能给人以纯粹的美

感享受。认为艺术的作用完全是欺骗作用，它是要"骗人暂时把理智的活动相忘，而纯任感情的输入"。[①] 这很显然是从浪漫主义的情感性出发去思考艺术的创作过程，而结果则背离了浪漫主义的观点，陷入了王尔德在《谎言的衰朽》中所认为的"文艺便是谎言""美而不真的事物的讲述乃是艺术的本来目的"的唯美主义。另一方面，郭沫若又把唯美主义的理论主张，从浪漫主义的角度作了改造，并不把美看作是一种纯粹的形式追求，而把"美"与改造人们的灵魂联系起来。认为王尔德的唯美主张偏于外的生活美化，我们应该用艺术的精神来美化内的生活，就是把"艺术的精神来作我们的精神生活，我们要养成一个美的灵魂"[②] 来趋于理想的生活境界。

通过如上论述，我们可以看到郭沫若从个性主义和浪漫主义的立场去接受和理解现代派的美学主张，具有双重意义：一方面，现代派美学的渗入，给郭沫若的"自我情感"表现说，加进了某些更为有力的外在条件，发现了一种"生命力"的存在，并借助于这种生命力，更加热烈和执著地高扬起个性自由的旗帜；另一方面，由于西方现代派反叛理性的特点，使郭沫若在艺术的创作过程中，特别重视创作的直觉性。

郭沫若之所以从个性自由解放的立场和浪漫主义美学的角度去接受西方现代派的某些理论主张，是由中国特殊的社会历史条件所决定的。

---

① 郭沫若：《神话世界》，《〈文艺论集〉汇校本》，湖南人民出版社 1984 年版，第204 页。

② 郭沫若：《生活的艺术化》，《〈文艺论集〉汇校本》，湖南人民出版社 1984 年版，第 121 页。

　　五四时代的中国是半殖民地半封建社会，觉醒的先进知识分子处于浓厚的封建意识和依然强大的封建势力包围之中，他们并不像西欧追求个性自由的知识分子那样幸运，有已经高度发展的工业文明和1879年法国资产阶级大革命的胜利所带来的广泛政治影响作基础。因此，五四时代先进知识分子，对于个性自由的历史追求就变得尤为艰难。当他们在丑恶污秽、平庸灰色的历史环境里，处处感受到封建势力对自我个性的压抑，反叛封建、追求个性自由发展和创造的力量不能得以充分施展的时候，他们不得不在幻灭的悲哀里，归于心灵之中，或者在幻想的境界里，发现支持自我个性发展的力量，正是由于此种原因，在开放的五四时代，当世界众多文学思潮都涌进中国的时候，郭沫若为了反抗封建束缚和一切反动势力的压迫，为了强化"主观"的战斗力量，或者为了寻求灵魂的归宿，而和西方现代派的某些方面发生了共鸣，扬弃了他们反理性的悲观主义和性恶论的生存主义，而把某些合理的方面纳入了自己的浪漫主义理论框架，使其浪漫主义美学理论在基本性质上与西方浪漫派相同的情况下，显现出独特的风貌。从创作上看，两者的区别也是明显的，不管是对郭沫若在理论上发生影响的雪莱、华兹华斯，还是歌德、惠特曼，他们对于个性生命力的讴歌都不能与郭沫若相比，它那饱满的情绪，排山倒海的气势，充满自信的英雄气派，都与中国这种特定的时代心理和现代气度相吻合，从而"比谁都出色地表现了五四精神，那常用'暴躁凌厉之气'来概说的五四战斗的精神"①。

---

① 周扬：《郭沫若和他的〈女神〉》，《解放日报》，1941年11月6日。

第六节
中国传统美学与郭沫若 *

在五四时代，郭沫若顺应时代的潮流，借助于西方浪漫派和西方现代派的某些理论原则，和其他优秀的中国现代作家一起，掀起了一场轰轰烈烈的新文化启蒙运动。这场运动的历史进步意义和引人注目的现实倾向性，表现为对封建传统美学的彻底反叛，从根本上否定了支配人们达几千年之久的封建正统美学原则。并且在抛弃了旧的文化体系后，继承并发展了其中某些合理的因素，在与外来美学的联系中，形成了具有现代理论意义的新美学观。那么，郭沫若前期美学继承并发展了传统美学的哪些合理内容，他又是在何种意义上反叛传统的呢？

任何一种美学观念的诞生并得以在本民族内广泛传播，产生深远的影响，是不可能完全彻底地与传统脱离联系的，只能是隐含于以往传统中的某些合理内容，在新的社会历史环境中向更高层次——新质文化的

---

* 原载《山东社会科学》1990 年第 1 期。

一种转变。所以郭沫若前期美学和外来美学之间的关系往往是以这样的形态呈现着：即民族的传统思想因素，潜在地制约着他对外来美学的接受和选择，如果没有传统思想因素的作用，我们就不会看到外来文化以现在这样的形态对郭沫若发生作用。反之，如果没有外来文化的影响，传统思想则不可能从根本上获得更新，焕发出生命的光辉。

在郭沫若前期美学的形成过程中占有重要地位的是庄子。但在他没有接受外来文化之前，只不过喜欢他"文章的汪洋恣肆，那里面所包含的思想是很茫然的"。待到他在日本留学期间，接触到了泰戈尔，又喜欢歌德，由此导引到斯宾诺莎的泛神论时，把原来很茫然的思想和外国的泛神论参照起来，真是到了"一旦豁然而贯通"的程度。由此可以看到庄子和郭沫若的思想有着极其密切的联系，这种联系主要表现在如下四个方面（在某些问题上同时简略涉及孔子、王阳明对郭沫若的影响）。

第一，郭沫若与庄子的联系表现在对于人的自由性的肯定。这一点最鲜明地体现在郭沫若的泛神论哲学与庄子哲学的联系中。郭沫若泛神论哲学的核心问题，并非是探究宇宙的本体是什么，宇宙是怎样生成的，主要是论证人应该如何像宇宙一样达到无限和自由。郭沫若认为"泛神便是无神，一切的自然只是神的体现。我也只是神的表现，我即是神，一切自然都是我的表现"①。当郭沫若把"神"与"我"看作是一个统一体时，不仅在空间上"超绝时空"，而且在时间上"等齐生死"，进而发现流行于宇宙之中创生万物的"生动着的力"，并与此

① 郭沫若：《〈少年维特之烦恼〉序引》，《〈文艺论集〉汇校本》，湖南人民出版社1984年版，第228页。

力暝合时，"则只见其生而不见其死，只见其常而不见其变……在'无限'之前，在永恒的拥抱之中"[1]，获得了创造一切，自由发展的个性力量。庄子的哲学核心则是一个"道"，他关于"道"的学说，也是直接为它要求个体的无限和自由的人生哲学作证明的。他说："夫道有情有信，无为无形。可传而不可受，可得而不可见，自本自根，未有天地，自古以固存。神鬼神帝，生天生地。在太极之先而不为高，长于太古而不为老。"（《大宗师》）由此可见，庄子所说的"道"也正如郭沫若所说的"神"一样，它产生万物，而它本身并不是任何其他东西所产生的，它就是它自身产生的终极原因，并且它在时间上是无始无终，空间上是无边无际，存在于天地万物之中。在庄子看来，正是这无目的、无限自由运行的"道"，创造了一切，使一切按照必然的规律向前发展，所以他主张人与道合一，不要怀有什么目的去做事情，而应该顺其自然，只有如此人的自由才能够实现。郭沫若也主张人要获得自由，就要"泯却一切的欲望而纯任自然"[2]去获得存在于神或者说是自然中的创造力，怪不得当郭沫若由西方泛神论哲学回到庄子时，对庄子表示了由衷的赞美。

第二，郭沫若和庄子的联系表现在对于艺术美本质的看法上。由于庄子把无目的、无意识、无限自由的"道"看作是宇宙的最高本体，所以他认为，"天地之美"就在于体现了"道"的自然无为的根本特

---

[1] 郭沫若：《〈少年维特之烦恼〉序引》，《〈文艺论集〉汇校本》，湖南人民出版社1984年版，第229页。

[2] 郭沫若：《论中德文化书》，《〈文艺论集〉汇校本》，湖南人民出版社1984年版，第20页。

征，进而提出了美的最根本的特质是"法天贵真"，要求美要符合人的"情命之情"。庄子所说的真，就是要求人们顺应自然，完全让人按照他的自然本性去活动和表现自己，不以任何外力去强行干预和改变它。假如人不以"自然无为"的态度，像大自然一样真实地表现自己的性情，那么生命就失去了自由，成为被外力支配的东西，也就失去了美。郭沫若在提出艺术是"纯真情感的自然流露"时，固然是在西方浪漫派的影响下提出来的，但也分明回应着庄子的这一思想。

第三，郭沫若前期美学与庄子的联系表现在对于艺术的无功利性看法上。郭沫若认为艺术的精神就是无功利性，"我们的艺术家，如果能够做到这一步，就是能够置功名、富贵、成败、利害于不顾，他的作品自然成了伟大的艺术，他的自身自然成了一个绝顶的天才"[1]。郭沫若把"艺术的无功利性"看作是艺术精神，正是他所认为的美是纯真情感的自然流露的必然延伸，因为在他看来美是顺任自然的情感本能表现，如一阵春风吹过池面所生的微波，并没有什么目的，那么艺术也就没有功利精神。在这里郭沫若提出了美作为人的情感自由表现所具有的超功利性性质。郭沫若在说明这一问题时，就援引了《庄子·达生》中梓庆为𫓧的故事。梓庆斋戒三日，忘却利害；斋戒五日，忘却毁誉；斋戒七日，忘掉自己的身体，忘掉一切，然后进入山林，用自己自然纯粹的心性去观察外界鸟兽的天然神态，使自己心目中出现了一个完美的𫓧的形象，创作了见者惊若鬼神的𫓧。由此，郭沫若认为庄子中所说的"不敢怀庆赏爵禄，不敢怀非誉巧拙，辄然忘吾四

---

[1] 郭沫若：《生活的艺术化》，《〈文艺论集〉汇校本》，湖南人民出版社1984年版，第124页。

肢形体也"，这几句话，便是天才的秘密，便是艺术的生命所在的地方。这一点也正是庄子所着力强调的。庄子学派就认为人如果处处为生活中的利害得失而担忧受怕，就将会是一连串的痛苦，只有无目的、无意识，超出于利害得失之上，获得"道"，才能够达到精神上的愉快和美的享受。

第四，作为艺术的精神是无功利性这一理论的直接延伸，郭沫若提出了艺术是"无用"之中有"大用"的观点，在强调艺术的无目的性时，又认为艺术有巨大的功利作用。庄子学派就常把美和"无用"联系在一起，认为事物之所以是"美"的，就在于它是无用的。庄子在强调美是无用的同时，又指出"无用"之中有大用，这种"大用"就在于无用的美能够使人摆脱有限的功利目的，来获得精神的自由发展，庄子就是试图通过超功利的、审美的态度，把人从外物的统治压迫中解放出来，达到支配宇宙的绝对自由状态。五四时代的郭沫若之所以崇拜庄子，并接受他的理论主张，也正在于他对人的个性自由的热烈追求。假如说庄子思想使郭沫若获得传统理论依靠，并在西方美学的影响下，把"美"看作是独立的，属于个性情感心灵的东西，那么孔子、王阳明的影响则在于使郭沫若把"个性"和"美"与社会联系起来，强调个性心灵的"美"应该有改造社会的力量。郭沫若对孔子和王阳明的思想曾作过探讨。孔子特别重视诗的教化作用和改造社会的作用。他所提出的，对中国传统美学影响深远的"兴、观、群、怨"说，就特别强调通过情感去感染陶冶个体，使强制的社会伦理规范变为个体自觉的心理欲求，从而达到个体与社会的和谐统一。郭沫若在反叛封建的斗争中，把个性自由看作是人生的追求目标时，对于孔子强调人受制于社会的观念，显然不可能接受。但孔子所强调的"个人"要有"兼济天下"的思想，则显然构成了郭沫若人生追求的一个侧面。把"人的解放"和"民族解放"联系起来，在强调个体心灵情感"美"的价值时，也强调文艺改造社会的功利作用。

郭沫若前期美学与传统美学之间的关系除了如上所论之外，他还直接衔接着明清浪漫文艺思潮和中国近代梁启超、王国维等人的美学观念。他们对于人的自觉意识的强调，对于个性心灵情感的推崇，对于封建理性观念的漠视，已经在预示着个性解放思潮的到来，也可以说他们是郭沫若精神上的先导，为郭沫若前期美学的诞生作了理论上的准备。

郭沫若在中西美学的交汇和撞击中，所产生的浪漫主义美学观念，在中国美学发展史上具有什么样的价值和意义呢？

从中国文化的发展过程来看，儒道互补构成了中国传统文化的主要发展线索，同时也构成了中国传统美学的主要发展线索。为了更确切地说明中国传统文化这两大思想体系在意识形态领域谁主谁从的问题，我们首先对中国的社会形态构成，作一点简略说明。

中国的社会形态虽然与西欧社会有着一致的进化发展规律，但却有其独特的超稳态结构形式。这就是中国社会形态无论有着怎样的变化，以宗法制农业自然经济为主体的经济生产方式一直没有遭到毁灭性的打击，而是持久地发展了下来。由此以一定的生产方式进行生产活动的个人，所发生的一定的社会关系和政治关系，也一直有着相对的稳定状态。原始无阶级社会的纯朴道德遗风，长期保留在中国意识形态的发展历史中，并且这种纯朴的道德遗风与政治结构形式统一在一起，构成了封建社会的等级统治方式。也就是在以"礼"为中心的封建政治等级结构中，融入了有血有肉的人的情感内容。君臣、父子、夫妇之间，既是统治与被统治的关系，又是一定的伦理关系。这样一来，外在的社会制度，礼义，法则，落实于人的日常伦理生活之中，由一种外在的硬性规定，转化为人的心理情感的内在欲求和自觉遵守的道德理念法则，人格本身的伦理道德修养成为中国人人生的重要问题。

正是由于中国这种特殊的社会历史状况，决定了孔子的儒学体系在中国人的思想领域，占有极其重要的地位，而在承认外在"礼义"法则的前提下，追求人的自由的庄子学说，则成为儒家学说的补充性因素。所以，在中国传统美学上占据主要地位的是孔子的教化学说，即要求艺术作为人的情感表现，必须要有教化人们趋于伦理"善"的功利性，要求艺术家以理节情，使情感不要违背礼义，要有温柔敦厚，中和之美的特征。

五四时代的郭沫若面对着这一源远流长的传统美学观念，感应着个性解放的时代思潮，新的审美要求的呼唤，惊喜地看到了一个新的时代已经到来，这个时代不是压抑人的激情，而是解放人的激情，不是要求人循规蹈矩，充当奴役的工具，而是充分地张扬人的个性和主观力量。正是在这样的时代，郭沫若看到了封建传统美学已经成为阻碍文学艺术发展，阻碍人们向前发展的障碍。所以，以他的青春朝气，昂扬奋发之激情，"冲绝过去历史之网络，破坏陈腐之学说"，在与西方近代个性自觉观念的联系中，突破封建礼义法则的束缚，把具有自由思想的庄子化为己有，从个性的立场对孔子和王阳明作了新的理解。首先在哲学上确定了"自我"在世界中的位置，认为"我即是神"，"一切自然都是自我的表现"，进而以"独特独行之我"的气魄，大胆地提出了"文学是自我情感的自然流露"的美学观点，认为人只要流泻出灵魂深处的情感，就能进入优美而宏伟的美学殿堂，世俗的道德观念与此无涉。郭沫若的这一思想无疑否定了传统美学的伦理内容，把文学从文以载道的美学观念中解放了出来，这种变化主要表现在：

（1）传统美学以人的伦理性为基础，强调人的情感伦理性和教化功能。郭沫若则以人的自然性为基础，强调人的情感的本能表现。

（2）传统美学强调情感的伦理化，所以以人的理性节制情感，个体情感的价值是以外在的社会伦理道德法则所决定。郭沫若则强烈推崇情感。因而在郭沫若的前期美学中，引人注目的特点就是对"自我情感""个性灵感"的强烈推崇，这样一来，他就从根本上把"以理节情""文以载道"为核心的传统美学中的"道"抽掉，走向了具有现代意义的美学世界。

第七节

论郭沫若前期诗的意境特征

在诗的欣赏评价过程中，引起人们美感的首先是诗的意境，它是诗人给予读者的最高的美的境界。所谓意境也就是诗人的思想感情与其相对应的客观世界的完美统一，即诗人把自己的思想感情，注入坚实、生动、具有质感的形象，使之成为可见、可听、可闻、可感的实体。郭沫若从开始发表新诗到 1925 年世界观发生变化，这一段时间我们看作是他文学创作的前期，那么这一时期他的诗的意境具有什么样的美学价值？又是怎样形成的呢？本节试图对此作一探讨。

纯真与自然

郭沫若前期的诗具有强烈的抒情性。人"到了热情洋溢，冲破人性的界线时，没有什么价值或至全无价值可言"①。他所信奉的只有他的心，只有这"心情"才是一切的源泉。郭沫若曾说："对于宇宙万汇，不是用理智去分析，去宰割，他是用他的心情去综合，去创造，他的心情在他的身之周围随处可以创造一个乐园，他在微虫细草中，随时可以看出'全能者的存在'，'兼爱无私者的彷徨'。"②因此，他的诗的意境总是那样的纯真，没有丝毫的假言玄谈，那样的自然，毫无矫揉造作、无病呻吟之感。

纯真即单纯而又真挚。郭沫若说："我想我们的诗只要是我们心中诗意诗境的纯真的表现，命泉中流出来的 Strain，心琴上弹出来的 Melody，生的颤动，灵的喊叫，那便是真诗，好诗。"③这种纯真的诗情是郭沫若诗的生命，它使一切形式消融于内容之中，一切形象重新变幻，带给人们爱的欢乐，反抗的勇气，给人的心灵以美的陶冶。《炉中煤》是诗人对于祖国的恋歌，他无限深情地抒发了眷恋祖国的情绪。诗人把自己的祖国比作爱恋的女郎，把自己比作为她而燃烧的炉中煤，真诚地袒露了一个赤子的胸怀。郭沫若曾谈到过《地球，我的母亲》的写作过程，他在写那首诗的上午，"跑到福冈图书馆去看书，突然受到了诗兴的袭击，便出了馆，在馆后僻静的石子路上，把'下驮'（日本的木屐）脱了，赤着脚踱来踱去，时而又率性倒在路上睡着，想真切地和'地球母亲'亲昵，去感触她的皮肤，受她的拥抱"④。诗人把这种纯真的诗情化入具体的形象，诗的意境怎么会不具有"纯真"之美呢？

----

① ② ③ 郭沫若：《〈文艺论集〉汇校本》，湖南人民出版社 1984 年版，第 228、258 页。
④ 郭沫若：《我的作诗经过》，《郭沫若研究资料》上卷，中国社会科学出版社 1986 年版，第 282 页。

　　惟有纯真的诗情才有诗的自然，惟有诗的自然，才能表现纯真的诗情，诗的意境的纯真之美，是通过诗的内在情绪的自然消涨表现出来的，而不取决于外在形式技巧的圆熟。

　　郭沫若前期诗的意境的"自然"美，主要表现为情景交融的"自然"，没有丝毫人工雕琢的痕迹。当纯真的诗情袭上作者心头的时候，"便和扶着乩笔的人一样，写起诗来。有时连写也写不及"①。诗的意境自然不会矫揉造作，强力所为，而是"薄言情语，悠悠天韵"。就像诗人在写《凤凰涅槃》的时候，一天分两个时期写出来，"上半天在学校的课堂里听讲的时候，突然有那诗的意趣袭来，便在抄本上东鳞西爪地写出了那诗的前半，在晚上行将就寝的时候，诗的后半的意趣又袭来了，伏在枕上用着铅笔只是火速的写，全身都有点作寒作冷，连牙关都在打战"②。在这样一个奇怪的境界中，诗人怎么会想到平仄对仗之类的固有形式和诗的技巧呢？他所追求的只是一种自然的流泻，于自然流泻之中，诗自有自然的谐乐、自然的画意。试析《黄浦江口》，诗人在这首诗里抒发了回到祖国的一瞬间，那种难于言表的思想感情，他兴奋而又激动地观看着祖国的一切，情不自禁的歌唱着：

　　和平之乡哟！
　　我的父母之邦。
　　岸草那么青翠，

_____

①② 郭沫若：《我的作诗经过》,《郭沫若研究资料》上卷，中国社会科学出版社
1986 年版，第 283 页。

　　流水这般嫩黄。

他从远处看到了：

　　平坦的大地如像海洋，
　　除了一些青翠的柳波，
　　全没有山崖阻障。

他从自身体会到了：

　　小舟在波上簸扬，
　　人们如在梦中一样。

　　面对着朝思暮想、长久爱恋的祖国，由远（所看到的）及近（自我所体会到的），"情""景"是多么自然地交融在一起。我们也许读过《雪朝》，那首诗是郭沫若在读雪莱《作为诗人的英雄》时写的。第一节与第三节的意境是那样的雄浑，而中间一节是那样清新淡雅。郁达夫认为这首诗不和谐，而诗人自己却说中间一节，恰是他感受到的暴风雪之间那短暂的歇息。诗人由对博大自然宇宙的追求到自我深沉的联想，恰与这一自然的境界相吻合，这正是情绪的自然起伏与自然景象完满而又自然的交融。
　　郭沫若前期诗的意境的纯真与自然之美，使欣赏者得到一种真切的心灵上的和声，深刻前又强烈地感受到诗人所要表现的思想感情，这也许是郭沫若前期的诗今天仍被大家喜爱的原因之一。

雄浑与冲淡

郭沫若说:"诗人的心境譬如一湾清澄的海水,没有风的时候,便静止着如像一张明镜。宇宙万汇的印象都涵映着在里面,一有风的时候,便要翻波涌浪起来,宇宙万类的印象都活动着在里面……大波大浪的洪涛便成为'雄浑'的诗……小波小浪的涟漪便成为'冲淡'的诗。"[①] 雄浑与冲淡是郭沫若前期诗的意境美的又一特征。

我们首先来看一下诗的意境的雄浑美。郭沫若的前期那种高昂的反帝反封建、追求个性解放的激情与他的泛神论哲学思想决定了他对于社会的看法。他在"神即自然""我即是神"的泛神论哲学中,发现了自我积极进取的精神,要在"于自然的沉默中听出雷鸣般的说教"。"要在我们这个时代里制造一个普遍明了的意识","秉着个动的进取的同时是超然物外的坚决精神一同向真理猛进"。因此,他对现实有"入世"的积极态度,认为人生当于积极进取的动态中以求充实。诗人这种对于人生的追求,表现在诗的意境上,就是雄浑的力之美。看《创造者》中那博大的自然之海上的涟漪,天上的纤云,庭前的月桂,昆仑山的积雪……是何等的雄健与广阔。《凤凰涅槃》中,凤凰死而更生,在那里春潮涨了,死的宇宙更生了,整个的世界一片欢乐,充满了和谐与自由,我中有你,你中有我,火便是他,火便是我,又是多么的豪放与激越。他自己曾有这样一段话:"今日天气甚好,火车在青翠的田畴中急行,好像个勇猛沉毅的少年向着希望弥漫的前途努力奋迈的一般。飞!飞!飞!一切青翠的生命灿烂的光波在我们眼前飞舞。

[①] 郭沫若:《〈文艺论集〉汇校本》,湖南人民出版社1984年版,第259页。

飞！飞！飞！我的'自我'融化在这个磅礴雄浑的 Rhythm 中去了！我同火车全体，大自然的全体，完全合而为一了！我凭着车窗望我旋回飞舞着的自然，听着车轮鞋辕的进行调，痛快！痛快！"[①] 这正是郭沫若早期的诗雄浑意境的形象说明，恰如司空图所说："具备万物，横绝太空。"

郭沫若在前期还有一类诗有一种淡淡的哀愁，对遥远太古的追忆，对幽深星空的向往。对于博大的自然界不再是用热情去支配，而是陶醉其中，享受解脱世间烦恼后的宁静之趣。于是诗的雄浑失去了，诗的心灵再也没有那翻滚的波涛，只是些轻微的浪花在寂静的翻动，亲吻着星星，月亮，拥抱着夜晚的清风，形成了诗的意境的冲淡美。这类诗在艺术上别有魅力，往往以清新、优雅的情调，把人引入一个淡远超脱而又和谐的意境之中。试看《天上的街市》，在这个天国的乐园中，是一幅多么自由幸福的景色：无数的明星作街灯，美丽的街市上陈列着的都是世界上所没有的珍奇，牛郎和织女在天街上，提着灯笼，自由自在地闲游……这一幅美妙动人的幻境，流露着诗人对美好生活的向往，但我们也看到了在"五四"潮退后，诗人在深沉的苦闷中，浸透着"眼泪"和"赤心"的诗情。这种空阔、缥缈、冲淡的意境，给人留下言尽而意无尽的余味，真可谓诗外有诗，诗外有情。如司空图《二十四诗品》云："素处以默，妙机其微。"郭沫若前期诗集《星空》中的大部分、《瓶》及《女神》中（五四前的作品）少部分，都具有这种冲淡的意境美。

---

① 郭沫若、田汉、宗白华：《三叶集》，上海亚东图书馆1923年版，第138页。

物我无间

以上我们简略地谈了郭沫若早期诗的"纯真"与"自然""雄浑"与"冲淡"之美,那么这种美是通过什么样的艺术境界表现出来的呢?这种艺术境界又是怎样形成的呢?

华兹华斯曾说过这样一段话:"他以为人与自然根本互相适应,人的心灵能映照出自然中最美最有趣味的东西,因此,诗人被他在全部探索过程中的这种快感所激发,他和普遍的自然交谈着,怀着一种喜爱。"[1] 由于诗人审视生活的这种特点,把在生活中的感受表现为诗的时候,便"使我们对于无知的自然界如对亲人,使我们听见群星的欢歌,听见花草的笑语,使我们感觉得日月的光辉,如受爱人的接吻,窥察得岩石的秘密如看透明的水晶。"[2] 这便是郭沫若前期诗的艺术境界——物我无间,即事物与事物之间没有差别,自我也与物为一,共同表现着一种充溢的感情。郭沫若前期诗的意境的"纯真"与"自然"、"雄浑"与"冲淡"之美,正是通过这一艺术境界表现出来。

郭沫若说:"诗的文字便是情绪自身的表现,我要看到这体相如一的境地时,才有真诗、好诗出现。"[3] 他又说诗人"在一切自然现象之前,感受着多种多样的情绪,而把这些情绪各个具像化、人格化,遂使无生命的自然都成为有生命的存在"[4]。所以,物我无间意境的

---

① [英]华兹华斯:《抒情歌谣集·序言》,《古典文艺理论译丛》第 1 辑,人民文学出版社 1961 年版,第 12 页。
②③④ 郭沫若:《沫若文集》第 10 卷,人民文学出版社 1959 年版,第 158、211、156 页。

第一个特色就是我的感情便是事物的感情，我赋予事物的一切活动都是我的活动，事物的表相状态都是由我的感情调动的结果，这种特色决定了诗人在诗的创作过程中对于自然物象的两种态度。首先是诗人在想象的世界里，把自我提高到庄严的地位，用豪放的热情去支配博大的自然形象，使博大的自然形象充分体现内心的感情，这便是如司空图所说的"横绝太空"，"超以象外"的雄浑之境。如《立在地球边上放号》中那怒涌的白云，滚滚的洪涛，要把地球推倒，真是"真力弥漫，万象在旁"。其次，是诗人在想象的世界中，把自我消融于自然中、与自然一同欢唱，一同悲哀，享受解脱世间烦恼的快乐，在这里的形象不是博大与崇高，而是清秀与淡雅，这便是"遇之匪深，即之愈希"的冲淡之境，如《霁月》《晴朝》等诗便是如此。

物我无间意境的第二个特色是万物通灵——即诗人"使一切平面都变成立体，一切无情都变成有情，坟墓变为母胎，活尸也才从母胎中诞生"。这里所讲的万物通灵与认识论上的唯灵论有着质的区别。诗中的万物通灵只是诗人运用的充分表达所思所感的一种手段。在这种境界中，诗人与物有着强烈的感情交流，人物为一，探索着物的灵魂，从中发现自己灵魂颤动的乐音。看《光海》中那欢乐的笑，海在笑，山在笑，太阳也在笑，就连翡翠一样的青松、银箔一样的沙原，也在和我们招手，把我们拥抱。在《瓶》中有这样一段：

> 清香在树上飘扬，
> 琴弦在树下铿锵。
> 忽然间一阵狂风，
> 不见了弹琴的姑娘。
> 风过后一片残红，
> 把孤坟化成了花冢。

不见了弹琴的姑娘，

琴却在家中弹弄。

在这里，琴、姑娘、孤坟、花冢，都在诗人的想象中，在诗人感情的调动下，互通互感，不受生活中实感物象的束缚。正是这万物通灵的意境特色，给人"自然""纯真"的美。我们知道"诗常常与人的努力并驾齐驱，却扩展他意识的外界或内心的地平线"。当郭沫若整个的内心世界与自然的社会真诚地拥抱在一起的时候，他们之间没有隔阂，他自会把他的存在和经验的事实，自然而又纯真地表现出来。

郭沫若前期诗的意境"物我无间"特色的形成，可以从他的泛神论哲学思想中找到依据。

在郭沫若所理解的泛神论哲学中，神是一个生机勃勃、亦静亦动的存在，这儿的"静"，不是死静，而是合静，是群力合作的平衡状态。这样整个的宇宙就不是一个死气沉沉的无机物，而是充满了活力和运动不息的有机体。诗人在这样一个充满生机的世界中，自然感受到万物息息相通的生之快乐，从而使他的诗的意境具有了物我无间，精神澄明的特色。无怪乎郭沫若认为诗人的宇宙观以泛神论为最适宜了。①

----

① 郭沫若：《〈文艺论集〉汇校本》，湖南人民出版社 1984 年版，第 263 页。

第三章
五四新文学中的
"民间问题"

民间意义的发现 *
——五四新文学的另一种传统

虽然五四现代知识分子对民间意义的发现与世界文化、文学中的民间文化传统有着密切的联系，但属于本土的民间文化形态对五四新文化、文学的产生有着重要的意义则是毋庸置疑的事实。有人认为："民间文学运动与历史深远的五四运动是瓜连蒂结的。许多民间文学运动的领导人，本身就是五四运动的积极参与者或崭露头角的观察者，这就使民间文学和五四运动成为中国知识分子运动史上最可能被定性为孪生事实的两大运动。"[1] 这一观点指出了中国知识分子与民间文化、文学之间的密切关系，并影响到了知识分子的精神构成。

一

在以往的文学史和文学批评著作中，"民间"虽然也经常被提到，

---

* 该节发表于《上海文学》2001 年第 12 期。
[1] 洪长泰：《到民间去》，上海文艺出版社 1993 年版，第 20 页。

但作为一个文学研究和批评概念，真正引起广泛的重视是在 20 世纪 90 年代，它包含着知识分子重建自己的思想精神、建立多元文学研究格局的期待，更为重要的是它把以往所忽略的一个文学史的空间以及现在与未来可能出现的艺术世界展现了出来，为当下的文学研究与批评提供了不断发展和丰富的可能。

"民间"在 20 世纪 90 年代，是由陈思和在《民间的浮沉》和《民间的还原》两篇论文中系统提出的。这两篇文章主要是从 1937 年以后文学史的发展过程中，分析了"民间"的存在形态、价值和意义。

陈思和认为民间是一个多维度、多层次的概念，从描述文学史的角度出发，它具备了以下几个特点：（1）它是在国家权力控制相对薄弱的领域产生的，保持了相对自由活泼的形式，能够比较真实地表达出民间社会生活的面貌和下层人民的情绪世界；虽然在政治权力面前民间总是以弱势的形态出现，但总是在一定程度内被接纳，并与国家权力相互渗透，因为它毕竟属于被统治的范畴，有着自己的独立历史和传统。（2）自由自在是它最基本的审美风格。民间的传统意味着人类原始的生命力紧紧拥抱生活本身的过程，由此迸发出对生活的爱与憎、对人类欲望的追求，这是任何道德说教都无法规范、任何政治律条都无法约束，甚至连文明、进步、美这样一些抽象概念都无法涵盖的自由自在。在一个生命力普遍受到压抑的文明社会里，这种境界的最高表现形态只能是审美的；所以，它往往是文学艺术产生的源泉。（3）它既然拥有民间宗教、哲学、文学艺术的传统背景，用政治术语说，民主性的精华与封建性的糟粕杂糅在一起，构成了独特的藏污纳垢的形态，因而要对它做一个简单的价值判断是困难的。

陈思和先生提出的这一"民间理论"文化内涵，启示我们在研究五四文学时，也应重视"民间文化"对于新文学产生所具有的重要意义。

在五四时期，李大钊、周作人、胡适等人都明确地提出了民间问题。李大钊曾倡导"到民间去",所谓"民间"在李大钊的思想中与"农民""农村""平民"并无多大差异。周作人认为,"'民间'这意义本是指多数不文的民众;民歌中的情绪和事实,也便是这民众所感知的情绪和事实"。胡适在《白话文学史》中认为"一切新文学的来源都在民间"时,"民间"所指的是那些"村夫农妇,痴男怨女,歌童舞姬,弹唱的,说书的"。显然这里的民间所指涉的是作为底层的、普通老百姓所生存的那一文化空间。他们对于这一民间文化形态意义和价值的发现,由于立场的差异,所表达的内容和对民间的态度也就不同,但在现代文化、文学的范围内,民间文化形态的价值和意义都是与"自由—自在"的精神品性相关的。

中国现代知识分子在五四时期倡导"到民间去",与民族意识的觉醒以及建设新文学的愿望是密切相关的,同时也受到 19 世纪 70 年代俄国民粹派理论的影响。在"到民间去"的这一文化运动中,现代知识分子对民间的态度是不同的,从政治、教育、文化、文学的不同角度去认识民间,对民间文化形态的价值评判和行为目的也就有差异,民间在他们的思想、情感世界中也就有了不同的面貌。为了更确切地说明不同"民间"之间的差异,我们把民间区分为"现实的自在民间文化空间、具有审美意义的民间文化空间、知识分子的民间价值立场"三个层面,并在三者的联系与对撞中理解现代知识分子所赋予民间的内涵。概括五四时期知识分子与民间之间的关系,大体上有三种类型:(1)以李大钊、邓中夏等人为代表的与"民粹派"思想密切相关的民间观,后来与革命实践相结合,经过瞿秋白、毛泽东的努力使之成为政治符号和国家权力意识形态的符号。李大钊是最早号召青年到农村去的中国马克思主义者。他说:"我们青年应该到农村去,拿出当年俄罗斯青年在俄罗斯农村做宣传运动的精神,来做出开放农村的事,是万不容缓的。我们中国是一个农国,大多数的劳动阶级就是那些农民。

他们若是不解放，就是我们国民全体不解放；他们的苦痛，就是我们国民全体的苦痛；他们的愚暗就是我们国民全体的愚暗；他们生活的利病就是我们政治全体的利病。"[1] 为此，他呼唤青年人投入社会改造的洪流中，扫除乡村落后的垃圾，担负起教育农民的使命。响应李大钊的号召，1919 年 1 月，北京大学的邓中夏等人组织了"平民教育演讲团"，该团的宗旨是"增进平民之自觉心"[2]。在他们看来，民间、农村、农民、平民的内涵是没有多大差异的，他们眼中的"民间"主要是指现实的、自在的民间文化空间，知识分子的价值立场是政治的、启蒙的价值立场，民间是承担其社会改造使命的场所。（2）以刘半农、沈尹默、胡适、周作人、顾颉刚、常惠、董作宾等人为代表，以《歌谣》周刊为核心，在对民间文学的搜集和倡导中，发现民间文化形态的美学意义并纳入新文学的构建过程中。这些现代知识分子虽然都对民间怀有热情，但对民间的态度也是有差异的。从文学的角度说，胡适、刘半农对民间形式的生命活力给予了充分的肯定，并从审美的角度肯定民间文化形态中的精神价值。换句话说，他们对民间世界充满了浪漫的想象，他们所认同的民间不是现实的自在的文化空间，而是与此相关又有重大区别的文化的审美的世界。这一民间的价值认同，与他们的启蒙立场是一致的，民间、启蒙、文学是密切联系在一起的。（3）周作人在五四时期既充分吸收和肯定了民俗艺术中积极健康的生命力，又强调批判民间、提升民间以达到启蒙的目的。周作人对民间的这种二元态度与鲁迅是一致的。对民间的认同与排斥，都与他们的

---

[1] 李大钊：《青年与农村》，《李大钊选集》，人民文学出版社 1959 年版，第 146—147 页。
[2] 洪长泰：《到民间去》，上海文艺出版社 1993 年版，第 20 页。

启蒙思想有关。五四时期，现代知识分子对于民间的这三种态度，在漫长而又动荡的中国现代文学史上各有沉浮和消长，影响和制约着中国新文学的发展。第一种"民间"，在由政治信仰转换为文学精神的过程中，对于新文学的影响是复杂的，拟另文论述，在此主要讨论与新文学的生成、建设密切相关的第二、三种"民间"，探讨中国现代作家如何发现民间的意义、构建新文学的传统等文学问题。

二

在五四时期，中国现代知识分子对民间意义的发现首先是从如下两方面开始的：一是对来自民间的口语、白话语言的重视。他们把民间的白话语言作为新文学建设的基础，宣称白话文取代文言文以建设新文学是历史发展的必然趋势，为此胡适不仅在 1917 年 1 月《新青年》上发表《文学改良刍议》，提出"八事"的主张，作《白话文学史》(一卷)，并提出"一切新文学的来源都在民间"，而且自觉地把民间口语引入新诗的创作中。二是从 1918 年春开始，对民间歌谣的搜集和整理的重视。如果说前者发现了民间活的、生动的语言在打破旧文学陈腐的语言形式方面的意义，那么后者则重在发现来自民间的思想、情感是以一种怎样的形态为新文学的建设提供了可资借鉴的范本。对于"白话文倡导"的过程及资料已有多种文章进行了阐释、说明，而对于后者的注意似乎不够。① 实际上，刘半农、周作人、沈尹默、胡适等人对以民间文化形态为主要表现内容的民间文学有着极大的热

---

① 笔者所见到的有关论著主要有《陈思和自选集》，广西师范大学出版社 1997 年版；洪长泰：《到民间去》，上海文艺出版社 1993 年版；钟敬文：《民间文艺学的历史及其地位》，山东教育出版社 1998 年版。

情，这些北京大学的教授，在1918年春天发起了征集近世歌谣的运动，得到了时任校长的蔡元培的支持。从5月底开始，刘半农的"歌谣选"陆续在《北大日刊》上刊出，前后共登出了48首，"这种破天荒的文化现象，很快成为国内报刊的一时风气"①。1920年歌谣研究会成立，由沈兼士和周作人主持，并于1922年12月创办了《歌谣》周刊，专门搜集、发表全国各地的民间歌谣，研究、介绍与民间文学相关的文章。据胡适在1936年《歌谣》周刊的"复刊词"里的统计，在1922年12月至1926年6月这一段时间里，《歌谣》共出了97期，字数至少有100万，其中有研究古今歌谣和民俗学的论文，有各地歌谣选，有歌谣专集，所发歌谣总数是2226首。"歌谣研究会前后共收到歌谣一万三千余首。出版物除《歌谣》外，还印行过一个《歌谣纪念增刊》及《吴歌甲集》、《孟姜女故事的歌曲》、《看见她》（《一首歌谣整理研究的尝试》）等专册。有许多编好预备出版的集子，因为限于经济没有印出来（有些后来由广州中山大学民俗学会刊行）。"②除此之外，《歌谣》周刊还发表了许多译介外国歌谣研究的文章。是什么原因促使五四现代作家对中国的民间文化传统、民间文学和世界范围内的民间文学研究产生如此浓厚的兴趣？首先是民族意识的觉醒、启蒙思想的出现、世界文化的影响。这三方面对于五四现代知识分子而言，是非常复杂地交织在一起的。民族意识的觉醒促使现代知识分子到西方去寻求救国的真理，确立启蒙的意旨，而启蒙的根本目的又在于唤醒国民以求民族的强大，在这样一种背景下，与民族本土文化密切相

---

①② 钟敬文：《民间文艺学的历史及其地位》，山东教育出版社1998年版，第1、412—413页。

关的民间文化形态引起他们探询的兴趣也就成为必然。其次，更为直接的原因则是学术和文艺的建设，这种建设也与民族意识和启蒙思想密切相关。正如《歌谣》周刊发刊词中所说："我们相信民俗学的研究在现今的中国确是很重要的一件事业……歌谣是民俗学上的一种重要的资料，我们把它辑录起来，以备专门的研究，这是第一个目的。……从这学术的资料之中，再由文艺批评的眼光加以选择，编成一部国民心声的选集。意大利的卫太尔曾说'根据在这些歌谣上，根据在人民的真情感之上，一种新的民族的诗也许能够产生出来'。所以这种工作不仅是表彰现在隐藏着的光辉，还在引起当来的民族诗的发展，这是第二个目的。"周作人更明确地说："民歌在一方面是民族的文学的根基"[1]，又可以"供诗的变迁的研究，或作新诗创作的参考"[2]。胡适也说中国新诗的范本有两个来源："一个是外国文学，一个就是我们自己的民间的歌唱。"[3]那么，我们自己的民间歌唱是如何参与了新的民族文学的构建过程，又呈现出什么样的形态呢？

我们先来看一下与《歌谣》周刊相关的现代作家是如何理解民间和民间文学的。《歌谣》发刊词曾说，研究民间文学的目的一是为了学术，一是为了文艺。从前者看无论怎样的粗鄙民歌都可以搜集（周作人曾提倡收集民间的猥亵歌谣），从后者即建立民族的新诗的角度看，则主要是从民间发现富有活力的艺术形式和来自民间的精神。也就是说他们主要是以审美的文学的态度去理解民间的意义。这种意义的发现与他们对"民间白话语言"意义的发现，共同构成了他们建立新文

---

① 周作人：《中国民歌的价值》，《歌谣》第 6 号，1923 年 1 月 21 日。
② 仲密：《自己的园地》，《歌谣》第 16 号，1923 年 4 月 29 日。
③ 胡适：《复刊词》，《歌谣》第 2 卷第 1 期，1936 年 4 月 4 日。

学的理论依据。这两种意义主要表现在如下两个方面：（1）倡导白话文、重视民间文学的目的与建设新文学、反对旧文学的文化启蒙和文学启蒙思想是一致的。胡适就曾认为中国文学上的许多优秀作品都与民间有着密不可分的联系，倡导民间歌谣也是要给中国文学开辟一块新的园地。[1]胡适的这段话虽然写于 1936 年，但也正是五四现代作家倡导民歌的目的。正如另一位民间文学家所说："现代文学的趋势受了民间化了，要注意的全是俗不可耐的事情和一切平日的人生问题，没有工夫去写英雄的轶事、佳人的艳史了。歌谣正是民俗学中的主要分子，就是平民文学的极好材料，我们现在研究它和提倡它，可是我们一定也知道那贵族的文学从此不攻而破了。"[2]当五四作家从历史、现实的角度找到了倡导民间文学的依据后，他们热情地把民间歌谣看作是文学的典范，不仅认为最美丽的诗歌产生于乡野，真正"国语的文学"的建立也不能脱离民间歌谣的搜集与研究，而且认为"民歌的最强烈最有价值的特色是它的真挚与诚信，这是艺术品的共通的精灵，于文艺趣味的养成极是有益的"[3]。与此相关，他们对民歌的韵律、形式也给予高度重视。对民间语言、民歌性质的价值的认同，使现代作家直接在新诗创作中融合进了民间的因素。胡适的《尝试集》用民间口语作诗，刘半农模仿家乡四句头山歌的曲调，用江阴方言创作《瓦釜集》，沈尹默、周作人的诗中所流露出的民歌韵致，都证明了来自民间的艺术因素对新诗建设所起的作用。（2）五四现代作家对民歌性质及其功用的理解，使他们把民歌纳入新诗发展过程中，构成新诗生成

---

[1] 胡适：《复刊词》，《歌谣》第 2 卷第 1 期，1936 年 4 月 4 日。
[2] 常惠：《我们为什么要研究歌谣》，《歌谣》第 3 号，1922 年 12 月 31 日。
[3] 周作人：《周作人民俗学论集》，上海文艺出版社 1999 年版，第 105 页。

的一个重要因素。这一方面由于民歌生成于民间，本身具有反抗封建的"贵族文学"的因素，另一方面则由于在五四新思潮的影响下，他们对民歌的内容作了新的有意义的理解，这就是发现了民歌中所包含的个性自由精神和民主精神。在《歌谣》周刊所发表的民歌中，有很大一部分是表现情爱的、大胆的两性相悦的内容，表现对封建礼教的束缚的反抗，还有的表现女性的悲苦生活……这些内容都与五四时期的个性主义、人道主义精神有关。当这种带有个性、自由因素的文学形态被现代作家自觉地去理解时，它也就转换成了新文化、新文学的一个侧面。建立在个性主义基础上的"真情自然流露"的诗学观便与本土的文化精神统一在一起，并获得了强有力的现实依托和理论依据。对民歌意义的发现不仅推动了新诗的建设，而且影响了整个五四文学的创作。

显然，这些作家从审美的、文学的意义上去认同民间，确立自己的民间价值立场，与五四时期的启蒙精神并不矛盾，他们确认民间语言形式的文学意义就是为了反叛旧文学、建设新文学，以有利于表达启蒙思想，唤醒民众，他们所认同的民间精神也是与启蒙思想相通的内容。但对于另外一些作家来说，他们对于民间的态度却要复杂一些，他们一方面从审美的、艺术的角度，认同民间的魅力，另一方面又清醒地意识到民间文化形态的封闭、落后与愚昧。在他们看来，民间文化虽然包含着与启蒙思想相通的精神内容，但在其现实层面上却应该对其进行批判和提升。这种对于民间文化形态以及对体现民间文化形态的民间文学的二元态度，突出地表现在鲁迅、周作人和这一时期的乡土小说创作中。

三

周作人曾热情地肯定了民歌的真挚和诚信，但他又说："民歌的中心思想专在恋爱，也是很自然的事，但词意上有高下，凡不很高明的民歌，对于民俗学的研究，虽然一样有用，从文艺或道德说，便不免有可以非难的地方。"[1] 他在《平民的文学》一文中解释平民的文学时认为平民的文学乃是研究平民生活——人的生活的文学，他的目的并非要将人类的思想趣味，竭力按下，同平民一样，乃是将平民的生活提高，得到适当的一个地位。把周作人对民间歌谣的态度和他对平民文学的解释联系起来看，他不管是对艺术的民间，还是现实的民间都不是取一种完全认同的态度，鲁迅也是如此。在鲁迅的作品里至少写过民间传说中的两种鬼，一个是无常鬼，一个是女吊，鲁迅对戏台上出现的女吊给予极高的评价，认为是一个带复仇性的，比别的一切鬼魂更美、更强的鬼魂。但同时也指出她有一种坏脾气，就是"讨替代"，完全是利己主义。这种二元对立态度同样也体现在他的小说创作中。

首先，鲁迅以一种情感的审美的态度发现民间文化形态的美学与思想意义，这主要体现在《社戏》与《故乡》的创作中。在《社戏》中的民间文化世界，洋溢着牧歌式的田园风味，潺潺的流水、水草的清香、皎洁的月光、缥缈的戏台，白篷片片、渔火点点……孩子们没有世俗的观念，而是合乎自然地生活着，"即使打了太公，一村的老老小小，也绝没有一个会想出犯上两个字来的"。平等和睦、淳朴无私的境界，不仅与城市文明的污浊构成鲜明的对比，而且构成了对封建等级文化传统的反叛。这虽然是记忆中的、浪漫的乡村民间，有着作家个人浓郁的情感想象的因素，与现实的自在民间文化空间并不完全相同，但却透露着民间文化形态的某种情韵。对民间这种审美的、浪漫

---

① 周作人：《中国民歌的价值》，《歌谣》第 6 号，1923 年 1 月 21 日。

的想象,在乡土田园派的抒情小说中也有着充分体现,五四时期的冯文炳(废名)以至后来的沈从文等人,都把以农民为主体的乡土世界浪漫化,用冲淡、质朴的笔触表现乡土社会的淳朴、自在,充溢着一种天然的和谐、自由的美感。对这些作家而言,对民间的认同是一种蕴涵着理性的情感浪漫想象,其情感内容要远比理性的认知更为强烈,他们所发现的是民间文化形态中与其情感需要相通的某种民间精神。由这种民间的情感化价值立场所发现的民间精神,也包含着现代性的理性启蒙精神。在他们的主体世界里,淳朴、洁净的乡土社会既是情感的归宿,又是启蒙所要达到的目的。但是一旦他们把眼光从浪漫、想象的世界转回到现实时,便明显地表现出两种价值原则的冲突,这一点突出表现在鲁迅的《故乡》中,从情感上讲,他对故乡有着割舍不断的迷恋,儿时天真、自由、活泼的情形给他美好的留恋,但又痛感现实的民间文化形态所造就的"闰土"的麻木、愚昧与奴性以及人与人之间的隔膜,进而强烈地批判民间社会的愚昧与残酷,以清醒的理性启蒙精神,发出改造国民性的醒世恒言。鲁迅对民间所取的这种启蒙立场,也深刻地影响了蹇先艾、王鲁彦、彭家煌、许杰等乡土小说作家,这些作家大都在浓郁的地方风情中写出农民的生存真相。在这些作品中,民间文化形态与作家之间构成了一种怎样的关系呢?

鲁迅在《中国新文学大系·小说二集》导言中,认为蹇先艾的《水葬》"展示了'老远的贵州'的乡间习俗的冷酷,和处于这冷酷中的母性之爱的伟大"。许钦文的《石宕》"能活泼地写出民间生活来"。王鲁彦的《柚子》"在玩世的衣裳下,还闪着地上的愤懑"。在这里,鲁迅非常重视"乡间习俗""民间""地上"等范畴与作家之间联系的重要性,而失掉了人间的诙谐和故意的冷静是鲁迅所不赞同的。我理解,鲁迅所说的"乡间习俗""民间""地上"所指的恰好是民间文化形态的不同层面在文学中所具有的审美意义。

蹇先艾的《水葬》，写一个小偷被处"水葬"极刑的过程。作者
对"水葬"这一乡间习俗的描写极为真切和生动，有着浓郁的乡土气
息。从启蒙立场的角度看，作者批判了国民灵魂的麻木、愚昧以及看
客的冷酷，但同时写出了"小偷"要烧死狗杂种的愤怒、再过几十年
还是一条好汉的刚硬、对母亲的牵挂而生出的柔情及对死亡的恐惧。
隐匿于乡间民俗的这种生命状态正是土生土长的一种艺术精灵，这是
我们在阅读《水葬》时不能忽略的一种艺术感受，重视这一点就不会
把《水葬》的主题简单化为启蒙主题，就会在藏污纳垢的乡村民俗中
看到与民间文化形态密切相关的生命生长着一种美好精神。对民间的
启蒙和从民间发现意义的二元态度，不仅使启蒙的呐喊更加有力，具
有了现实的依托，而且清晰地意识到民间的丰富和复杂，意识到这部
作品之所以具有艺术力量，就在于把启蒙的主题糅合于乡间民俗的本
土文化氛围中，写出具有美好情愫的人怎样被残害的悲剧。

许钦文的《石宕》在同情中写出民间生命坚韧的生存能力，与《水
葬》对民间的态度不同，他似乎无意去揭示民众的愚昧与麻木，而是写
采石人为了生存无可奈何的日复一日的劳作。这里没有复杂的智力较
量、情感纠葛，也没有纷繁多变的故事情节，只是非常简单地写采石人
不管遇到什么样的危险——甚至死亡，过后依然或一如既往地去采石，
去过生活。我惊异许钦文在启蒙时期能写出这样的作品，他虽然是站在
旁观者的角度，以同情、质朴的笔触去写乡下人的生活，但对民间文化
形态却有着充分的尊重，由于同情而尊重，由于尊重而理解，理解了采
石人的命运轨迹，便有了为生存去采石……遭遇可能出现的灾难……过
后还要去采石，这没有尽头的循环往复的日常生活。小说呈现出这样一
种结构时，民间历史变得悠远、漫长，日日光景成了绵长岁月，支撑这
历史岁月的正是采石人对苦难的承受与忍耐，对生存的抗争和延续。这
正是我们民众的一种特殊性格，隐含着一种无法估量的力量，如大地般

无声、坚韧而博大。鲁迅说《石宕》能"活泼地写出民间生活来"的意旨是否就在于对这种民间生命力的发现呢？

王鲁彦对现实的社会是极端地失望，在到处充满了肮脏、黑暗、仇恨，只知道爱金钱，不知道爱自由、爱美的环境里，他要决绝地逃离。因此，他"对专制不平，但又向自由冷笑"，正如鲁迅所说："作者往往想以诙谐之笔出之的，但也因为太冷静了，就又往往化为冷话，失掉了人间的诙谐。"① 鲁迅对《柚子》极为赞赏，《柚子》对"看客"的麻木、幸灾乐祸的无聊作了深刻批判，溢于字里行间的愤怒融于诙谐的反讽中，呈现出对国民灵魂的决绝否定。这愤怒和否定是与具体的人物、事件联系在一起的，启蒙的批判性是在现实事件的描写中得到表现的。鲁迅所说的"地上的愤懑"正是作者正视人间生活的结果。所谓"地上"就是民间的现实文化形态，它是情感生成的根本。从艺术审美的角度看，没有"地上"的行走，难以有真切的、生动的、本土化的艺术形象出现。

通过如上分析，可以看到鲁迅在艺术的审美过程中，是非常重视民间文化形态的作用和意义的，他自己创作的《阿Q正传》《祝福》等作品不仅有着"地上的愤懑"，也有着"活泼民间的生动与丰富"，也才有了"哀其不幸，怒其不争"的极为复杂的情绪和对民间传说、戏曲中一些人物形象的热烈赞美。由此看民间文化形态虽然是现代知识分子的启蒙对象，但它与启蒙思想价值系统，始终有着千丝万缕的联系，如果忽略了这种联系也就难以说明新文学的本土性特征和本土文学现代化的艰难转化过程。

---

① 鲁迅：《中国新文学大系小说二集·导言》，上海良友图书印刷公司 1935 年版。

　　鲁迅在艺术的审美过程中，对于民间文化形态的作用和意义的重视，在他自己的小说中是如何体现出来的呢？民间文化精神与他的启蒙叙述立场之间是一种怎样的关系呢？

　　严家炎在谈到鲁迅小说的"复调"特点时认为，鲁迅小说里常常回响着两种不同的声音，并非来自两个不同的对立着的人物（如果是这样，那就不稀奇了，因为小说人物总有各自不同的性格和行动的逻辑），竟是包含在作品的基调或总体倾向之中的。① 在谈到《阿Q正传》时又认为，《阿Q正传》从"序"开头，有个仿佛是作者的人总在那里唠叨，"我要给阿Q做传，已经不止一两年了"。还插科打诨地说："传的名目很繁多：列传、内传、外传、别传、家传、小传……而可惜都不合。"读者如果当真以为这小说是第一人称，那就上当了。随着正文叙事的越来越深入，这个"我"就逐渐隐去或者淡出，慢慢变成了第三人称，因而能写到阿Q的性苦闷，阿Q参加革命的梦，等等。临刑前还写到了阿Q多年前看到而留下印象极深的那匹饿狼的眼睛，他觉得周围看客们的"可怕的眼睛""穿透了他的皮肉"，就跟那匹饿狼一样。这些都是第一人称的"我"所无法完成的。显然，当小说越来越从喜剧变成悲剧的时候，作者必须更换叙事者身份，让真正的第三人称登场。② 鲁迅小说的这种"复调"特点是有目共睹的事实，那么，这种"复调"特点是如何形成的呢？具体到《阿Q正传》的双重叙事，我以为制约这种"叙事"的恰好是启蒙文化形态与民间文化形态之间既相联系又相冲突的内部张力，这种张力影响和牵引着写作者在"启

------

①② 参见严家炎：《复调小说：鲁迅的突出贡献》，《中国现代文学研究丛刊》2001年第3期。

蒙"和"民间"的双重层面上，去展开他的艺术想象。那么，民间与启蒙在鲁迅的《阿Q正传》中到底呈现出一种怎样的关系呢？

从叙述的角度来分析《阿Q正传》，明显地看到叙述主体的价值立场是启蒙的立场，这一立场决定了鲁迅对阿Q的批判姿态，当他把启蒙的批判立场在中国具体的社会实践活动中展开时，民间文化形态的诸多因素必然进入其叙述范围中，具体一点说，阿Q这一产生于社会底层的民间人物形象在其"启蒙"的视角内，依据民间的生存逻辑和伦理法则去呈现自身的发展逻辑，也就是说鲁迅以"客观的艺术方式来观察和表现另一个性、他人的个性，不借题发挥，不把自己的声音同它融合在一起，不把它降格为对象化的心理现实"①。由此，我们可以看到阿Q的行为、性格运行逻辑与民间文化有着极其深刻的密切联系。日本学者丸尾常喜，在《"人"与"鬼"的纠缠》中分析《阿Q正传》时，认为阿Q的诸多行为逻辑都与"民间文化"有关，特别是"民俗"的影响尤为强烈，譬如当阿Q调戏小尼姑，小尼姑骂他"断子绝孙的阿Q"时，阿Q难以入眠了。对"嗣续"的民间意义，周作人曾这样写道："（虽然从《张蛮打爹》很可以看出民间道德的颓废）可是一面'慎终追远'却颇考究，对于嗣续问题尤为注意，不但有一点产业的如此，便是'从手到口'的穷朋友，也是一样用心。《新生活》二十八期的'一个可怜的老头子'里，老人们做了苦工养活他的不孝的儿子，他的理由是'倘若逐了他出去，将来我死的时候哪个烧钱纸给我呢？'孔子原是说'祭如在'，但后来儒业的人已多回到道教的精灵崇拜上去，怕若敖氏鬼的受饿了。乡间的嗣续问题，完全是死

---

① ［俄］巴赫金：《巴赫金文论选》，中国社会科学出版社1996年版，第13页。

后生活的问题。"① 正是这种民间的思维逻辑和生活观念，导致了阿Q向吴妈的求婚，"事件过后的影响是阿Q所未曾想到的。先是村里的女人们都躲起阿Q来了，接着酒店不肯赊账了，甚而多日没人来叫他做短工。"② 接着阿Q只得外出求食，为生计参加了革命，他对"革命"的想象，也仍然没有脱离底层民间的想象。整部《阿Q正传》可以非常明晰地看出阿Q及阿Q周围的人都被"民间文化"的生存逻辑及自在状态的文化心理和价值趋向所制约。这样的一种文化形态显然与鲁迅的启蒙文化思想是相对立的，鲁迅也是不认同这样的一种生活形态的，这种冲突性纠缠使《阿Q正传》呈现出"复调"的特点：叙述主体的思想、情感逻辑与民间文化的日常呈现形态及生活逻辑的双重叙事，常说鲁迅"哀其不幸，怒其不争"，"哀""怒"所对应的正是民间文化形态中人们的生存、精神境遇。

由上论述可以看到民间文化形态始终构成启蒙小说中人物形象的精神意蕴，并构成了启蒙小说叙述主体现实性、本土化的表达空间。鲁迅对"民间文化形态的"的这种表达，显然不是站在民间文化价值立场上，去叙述"自由自在"的民间所具有的生命、文化、审美的意义，那么又如何说明鲁迅小说的民间价值呢？在中国现代启蒙文化中，"自由"是一个至为重要的概念，这种"自由"与"民间的自由自在"内涵并不完全相同，但在精神向往上有着一致的心理基础，鲁迅在批判乡村民间的自由性和残酷性时，正是以"自由价值"的确立为前提的，这种启蒙精神的确立也暗含着对民间蕴涵的自由精神的肯定，由

①② 转引自［日］丸尾常喜：《"人"与"鬼"的纠缠》，秦弓译，人民文学出版社1995年版，第127、131页。

此才有了《社戏》，有了对阿 Q 原始反抗精神的描述。有了这种"自由"的渴望，对乡村民间残酷性现实的描述就愈深刻，也就愈能呈现出民间文化精神中"自由"因素的可贵，呈现出丰富、生动、真实的魅力，以鲁迅为代表的启蒙小说的民间品性及其价值正在这里。

四

如上我们从五四新文学生成的角度，讨论民间文化形态与新文学之间的联系及其几种基本的体现形式。由于民间的多维度和自身构成的复杂性，它与新文学之间的关系也就变得极为复杂，我们所讨论的仅仅是它与新文学生成相关的几个问题，还有许多问题没有涉及。譬如民间文化形态与主流文化、知识分子文化之间的相互转换过程对文学创作产生的影响，再譬如民间文化形态大传统和小传统（大传统和小传统之说，采用西方社会学的观点。大体以为"大传统或精英文化属于上层智识阶级的，而小传统或通俗文化属于没有正式受过教育的一般人民"。）之间的关系，这种关系在文学中如何体现出来，它与通俗文学又有怎样的联系，等等，只能留待日后进一步思考。在此需要进一步提出的是五四时期顾颉刚所主张的不同于胡适、刘半农，也不同于鲁迅、周作人的民间观，他认为"只有民间文学才是纯粹的本土文化"[1]，他"不否认民众身上的迷信落后的弱点，也深知农村有许多堕落黑暗面亟待改革，但比起周作人来，顾颉刚实在对农民怀有更多的同情和怜悯。他相信农民的本质是诚实、善良和纯洁的。他因此对农民的谅解远多于对农民的批评"[2]。对民间信仰的一系列解释，"反

---

[1][2]　洪长泰：《到民间去》，上海文艺出版社 1993 年版，第 276 页。

复强调一种理解民间文化的思维方式的重要性，概言之，便是要通过民众的眼睛来了解民间文化而不是用学者的眼光去单单审视其中的落后和愚昧的一面"[1]。顾颉刚的这种民间文化观，与具有启蒙主义思想的现代知识分子的民间观是完全不一样的。在他的思想中，体现出对民间文化理解和认同的价值趋向。

通过如上论述，可以清楚地看到本土的民间文化、文学传统是五四新文学产生的一个重要精神资源，它与世界性的文化、文学传统共同构成了中国 20 世纪文学的内在品格，进一步讨论不仅有助于深入理解 20 世纪文学的发展过程，而且有助于在全球文化背景下民族的、个性的文学的建设。

第二节

白话文学："民间"形式的审美活力
——重说胡适与白话文学的关系

中国新文学的产生是从白话文学开始的，如果我们把白话文学的

---

[1] 洪长泰：《到民间去》，上海文艺出版社 1993 年版，第 276 页。

倡导仅仅理解为一种形式上的变革显然是不够的，在这一形式变革的
过程中，也包含着现代知识分子的价值立场和文学审美标准的重大变
化。这种变化是在中国文化、文学自身历史的逻辑推演过程中，重新
找到了新文学得以产生的源泉，这个源泉就是活的、富有生命力的民
间文学以及包含于其中的不断变化的民间文化形态。五四时期，胡适
的重要贡献就在于从启蒙—民间的立场，发现了民间文化中活的白话
语言对文学变革的巨大意义。从中也可以看到文学变革的深层动因在
于本民族的民间文化中所包含的现代性因素。

在讨论胡适倡导白话文学时，不能忽略胡适在《胡适文存》一卷
中的《尝试集》自序中说过的一段话："我们认定文字是文学的基础，
故文学革命的第一步就是文字问题的解决。我们认定死文字定不能产
生活的文学，故我们主张若要造一种活的文学，必须用白话来做文学
的工具，我们也知道单有白话未必就能造出新文学；我们也知道新文
学必须要有新思想做里子。但是我们认定文学革命须有先后的程序，
先要做到文字体裁的大解放，方才可以用来做新思想新精神的运输品。
我们认定白话实在有文学的可能，实在是新文学的惟一利器。"这段话
包含有两层重要的意思：（1）胡适在倡导白话文学时，并没有忘记文
学内容的变革，只是在他看来文学的变革首先是从形式——语言入手，
才有完成的可能；（2）唯有活的文字才能产生活的文学，以表达新的
思想和精神。由此看来，胡适并不是一个纯粹的形式主义者，他对于
"白话文学"的倡导，实质上包含着他对于整个文学革命过程的认识。
在这一过程的实践中所确立起的民间文学价值立场和对民间审美形式
的重视，应该说是 20 世纪中国文学的第一块理论基石。

一

白话文的倡导并不是始于胡适。在他之前的梁启超、黄遵宪等人

都曾有白话文学的主张，并有多种白话小说出现，还有《白话报》《白话丛书》等出版物出版。周作人曾认为那时的白话文与"现代的白话文"有两点不同：第一，现代的白话文是"话怎样说便怎样写"，那时的白话文都是由八股翻白话，仍然是古文的格调。第二，态度不同——现在我们作文的态度是一元的，无论对什么人，做什么事，一律都用白话；而以前的态度却是二元的，作文是为"老爷"用的，白话是为听差用的。总之，那时的白话是出自政治方面的需求，只是戊戌政变的余波之一。① 胡适自己也说："这些人可以说是'有意的主张白话'，但不可以说'是有意的主张白话文学'，他们的最大缺点是把社会分作两部分：一边是'他们'，一边是'我们'。一边是应该用白话的'他们'，一边是应该作古文古诗的'我们'……这种态度是不行的。"② 而"1916 年以来的文学革命运动，方才有意地主张白话文学"，"这个运动没有'他们'与'我们'的区别，白话并不单是'开通民智'的工具，白话乃是创造中国文学的唯一工具"，是"国语的文学建立的基础"。进而，胡适在中国文学史的研究过程中，得出了民间的白话文学是最有生命力的文学，也是我国文学发展的必然趋势的结论，新文学的建设应以民间的白话文学作为其最高价值典范。胡适不止一次地在多篇文章中提到"民间是文学的产生的源泉"。直到 1932年，他还认为文学的来源大约有四条路：一是源于实际的需要，二是

---

① 参见周作人《中国新文学的源流》，《儿童文学小论　中国新文学的源流》，河北教育出版社 2002 年版，第 51—52 页。
② 胡适：《五十年来中国之文学》，姜义华主编：《胡适学术文集·新文学运动》，中华书局 1993 年版，第 149 页。

源于民间，三是源于国家所规定的考试，四是源于外国文学。最重要
的是民间文学。中国文学史没有生气则已，稍有生气者皆自民间文学
而来。①胡适这种一元文学史观体现出的民间价值立场，主要是认同
和肯定了民间文学生动的、活的审美力量，特别是其语言形式的魅力，
至于与民间文学密切相关的民间文化形态中所包含的价值、情感与精
神是否有其精神上的共鸣则没有更多的论述，他更看重的是源于民间
的文学对文学发展的渗透和影响意义。由此可以说胡适理解的民间主
要是：（1）源于民间的文学以及与此相关的民间白话语言；（2）这种
民间的文学和语言与所谓的正统文学或贵族文学是对立的；（3）这种
文学和语言与平民的日常生活是联系在一起的，是表达新的思想和情
感的工具。在胡适的这一民间观中，我们清楚地看到两个鲜明的现实
意向：一方面通过"民间"反传统、反古文；另一方面是通过民间寻
找新的文学和表达方式。虽然胡适的这种文学史一元民间价值立场，
更多地重视其形式因素的意义；但在这形式背后却体现着一种革命性
的意义。这种革命性的意义主要体现在胡适通过一元文学史观——民
间价值立场的确立，完成了从传统士大夫到现代知识分子价值立场的
转换。康梁变法前后，许多近代的有识之士，倡导白话文。正如胡适
所言，仍然存在着"我们"和"他们"的区别，所认同的仍旧是传统
士大夫的价值观念，也就是说康梁等人是在"庙堂"之位，通过白话
文，沟通与"民间"之间的关系，民间自身的价值系统和民间文学中

---

① 参见胡适：《中国文学过去与来路》，姜义华主编：《胡适学术文集·新文学运
    动》，中华书局 1993 年版，第 184—185 页。

的审美活力并没有引起他们足够的重视；所以周作人说："那时候的目的是改造政治，如一切东西都用古文，则一般人对报纸仍看不懂，对政府的命令也仍将不知是怎么回事，所以只好用白话。但如写正经的文章或看书时，当然还是做古文的。"[①] 这种对白话文的二元态度实际上证明了近代知识分子在沟通"庙堂"与"民间"的过程中，仍然没有摆脱传统士大夫的"庙堂"角色，而胡适则是要把白话文和源于民间的文学看作是文学的最高典范，建立统一的"文学的国语"和"国语的文学"，他从民间的立场，彻底否定了"古文"存在的可能和传统士大夫赖以存在的价值体系，也可以说胡适是用"民间"的力量否定了"庙堂"的意义，他所倡导的白话文和民间文学与"庙堂"之间并没有必然的联系，完全是源自民间的一种要求。以民间对抗士大夫的庙堂，以平民反叛贵族，而确立了一种新的文学的基本特质。正是在这种"对抗与否定"的过程中，现代知识分子在价值立场上开始显示出了他们不同于传统士大夫的崭新姿态——从"民间""平民"以及与此相关的民间文学中寻找自己新的价值趋向和文学审美标准。胡适在倡导白话文和民间文学的过程中所体现出的民间性价值立场与现代知识分子的启蒙立场是不矛盾的。因为"启蒙"就是要让自己的思想被别人所理解，而与"民间""平民"密切相关的"白话文"倡导，恰是"启蒙"的必要前提。正如胡适所说："我们的中心理论只有两个：一个是我们要建立一种'活的文学'，一个是我们要建立一种'人的文学'。前一个理论是文学工具的革新，后一种是文学内容的革新。"[②] 从

---

① 周作人：《中国新文学的源流》，华东师范大学出版社 1995 年版，第 55—56 页。
② 胡适：《中国新文学大系·建设理论集·导言》，上海良友图书印刷公司 1935 年版。

这个意义上说,民间性的内容也是五四时期现代启蒙知识分子的一个思想侧面并构成了潜在的理论价值依托。正是源于这个理由,刘半农、周作人、鲁迅等人虽然对"民间"的理解和对民间的态度各有不同,但在倡导白话文和对民间审美形式的肯定上却是相同的。譬如刘半农重刊清代小说《何典》,认为没有任何一部小说能像《何典》那样,把民间谚语运用得炉火纯青。由此惹怒了一些保守派人物,鲁迅站出来为其辩护,批评那些"戴着面具的绅士"对刘复(半农)的攻击,正好暴露了自己的无知,称赞《何典》对谚语、谜语和笑话的运用恰到好处,不愧为一部反映民众生活的上乘之作。[①]

当胡适从现代知识分子的价值立场出发,肯定了民间白话语言的审美活力,并把民间文学看作是新文学的源泉和最高审美价值规范的时候,民间文学以及与白话文相关的民间文化形态与其具体的文学主张之间是一种怎样的关系呢?

二

胡适在五四时期的重要学术著作《白话文学史》以及《十七年的回顾》《五十年来中国之文学》等文章中,反复论证的一个问题就是白话文学是文学的正宗,一切优秀的作品都来源于民间,民间文学是最高的审美典范。这些论证的最终目的是确立倡导白话文学的现实必要性和历史必然性,那么他所认定的白话文学有什么样的特征呢?

胡适的白话文学主张集中体现在《文学改良刍议》和《什么是文

---

① 参见刘复校:《何典》,附鲁迅《题记》及林守庄《关于刘校〈何典〉和几个靠得住的正误》,《语丝》第 91 期,1926 年 8 月 9 日。

学——答钱玄同》两篇文章中。在《文学改良刍议》中他提出了著名的"八事"主张：须言之有物，不模仿古人；须讲求文法，不作无病呻吟；务去滥调套语，不用典；不讲对仗，不避俗字俗语。在《什么是文学——答钱玄同》一文中，胡适认为："语言文字都是人类达意表情的工具；达意达的好，表情表的妙，便是文学。"这"好"与"妙"有三个要件："第一要明白清楚，第二要有力能动人，第三要美。"所谓"美"就是"明白"和"有力"相加起来自然产生的结果。有人认为胡适八事主张是在美国意象派诗歌理论的影响下提出的，但如果把胡适对什么是文学的理解和八事主张联系起来看，他的理论也许与意象派有着某种影响关系，然而从根本上说是对民间文学一些基本特点的概括。民歌区别文人诗词的三条标志是显而易见的，"即语言明快、情感真实和表达的口语化"①。刘半农、顾颉刚、俞平伯等人都表示过相似的观点，刘半农就认为，民歌的长处全在于它"能用最自然的语言和最自然的声调来表达最自然的情感"②。民歌的三个主要特征：明快、真实、口语化，与胡适提出的文学改良八事的标准基本吻合，即"务去滥调套语""不无病呻吟"和"不避俗字俗语"。③换句话就是"明白清楚、有力动人"。由此可以说胡适文学改良的基本精神是来源于中国本土的民间文学。他自己也曾认为那些民间中的匹夫匹妇、痴男怨女，他们想歌就用他们自己的语言歌出来，想唱就用自己的语言唱出来，那般民歌童谣儿歌恋歌之类，就是由此而产生的，他们要表

---

①③ 洪长泰：《到民间去》，上海文艺出版社 1993 年版，第 98—100 页。
② 刘半农：《半农杂文二集》，上海良友图书印刷公司 1935 年版。

现他们的文学情感，便有了很多很好的很有价值的白话文学。[1] 胡适在与民间文学的联系中所确立的新的文学审美标准和规范，同时也体现在这一时期的文学批评活动中。

胡适是 1920 年歌谣研究会成立和 1922 年 12 月《歌谣》周刊创刊时的积极参与者，在《北京的平民文学》（载《读书杂志》第 2 期，1922 年 10 月 1 日）一文中，他说："现在白话诗起来了，然而作诗的人似乎还不晓得俗歌里有许多可以供我们取法的风格与方法，所以他们宁可学那不容易读又不容易懂的生硬文句，却不屑研究那自然流利的民歌风格。"所以他极力推荐那些在北京产生的有文学趣味的俗歌，这些"俗歌"的基本特点就是"明白""动人""真实""口语化"。他在评论康白情、俞平伯、汪静之等人的诗歌时，所运用的也是这样的批评标准。他认为康白情 1920 年以前的诗还属于"一个尝试的时代。工具还不能运用自如，不免带点矜持的意味"。1920 年左右的写景诗，"容易陷入'记账式的列举'"。他的记游诗则有"漂亮"的境界，也就是"读来爽口听来爽耳"。胡适认为俞平伯的诗的最大缺点就在于让人看不明白；汪静之的诗"未免有些稚气，然而稚气究竟远胜于暮气；他的诗有时未免太露，然而太露究竟远胜于晦涩，况且稚气总是充满着一种新鲜风味"。在这里，他仍然是以"明白、动人、真实、口语化"的标准来评价《惠的风》。一直到 1936 年，胡适仍然深信"民间歌唱的最优美的作品往往有很灵巧的技术，很美丽的音节，很流利漂亮的语言，可以供今日新诗人的学习师法"[2]。由上论述，可以看到

---

[1] 参见胡适：《新文学运动之意义》，《晨报》副刊，1925 年 10 月 10 日。
[2] 胡适：《复刊词》，《歌谣》第 2 卷第 1 期，1936 年 4 月 4 日。

胡适对民间文学以及来自民间的语言形式有着强烈的认同和热烈的赞美，但这并不意味着他对于内容的忽视，他谈到康白情的诗时曾说他"自由吐出心里的东西；他无意于创造而创造了，无心于解放然而他解放的成绩最大"[①]。在此他是看到了内容对于"形式"的某种制约作用的。他在谈到北方的评话小说时说："北方的评话小说可以算是民间的文学……但著书的人多半没有什么深刻的见解，也没有什么浓挚的经验，他们有口才，有技术，但没有学问。他们的小说，确能与一般的人生出交涉了，可惜没有我，所以只能成一种平民的清闲文学。"[②] 看来"没有我"与"经验"的民间文学也是胡适所不喜欢的。胡适在当时特定的历史情境下，突出强调民间审美形式的意义是由他对文学革命的发展进程的理解所决定的，也就是说，在他看来文学的变革必先由语言的变革开始，进而才能谈到新文学的出现，仅有新的内容，没有新的形式，也就难以"达意"。

胡适与钱玄同、刘半农等人所倡导的白话文学运动对于新文学的影响是深远的。在五四文学初期所出现的一些较为优秀的作品，如周作人的《小河》、康白情的《草儿》、俞平伯的《冬夜》、江静之的《惠的风》、刘半农的《瓦釜集》等，都在用白话写诗的时候，吸取了民间文学及与民间文化形态密切相关的有关精神营养；如果不带任何先验的观念去阅读这些作品，就会发现这些作品是在民间审美形态的直接作用下产生的，也可以说新文学最初的胜利，就是民间审美形式的胜利。

---

① 胡适：《康白情的〈草儿〉》，《读书杂志》，1922 年 9 月。
②《五十年来中国之文学》，《胡适学术文集·新文学运动》，姜义华主编，中华书局 1993 年版，第 134 页。

三

民间审美形式为什么会在新文化、新文学运动的初期获得广泛的认同呢？这样说是否意味着忽视了外国文化、文学对新文学产生的巨大推动作用？这一问题直接牵涉对本土的民间审美形式的意义评价。

胡适曾认为中国几千年的文学史上有两个趋势，一个是上层的文学，一个是下层的文学。上层的文学是贵族的、文人的、私人的、朝廷的文学，是模仿的、古典的、没有生气的文学；而下层的文艺是老百姓的、活的、用白话写的文艺，人人可以懂、可以说的文艺。[①] 也可以说下层的文学，就是民间的、非正统的、富有新鲜生命活力的文学。民间的、下层的文学中虽然并不具有自觉的反正统的意识，甚至也包含着正统文学中的某些意识，但由于在价值趋向上的平民性和世俗化，与正统文学具有不同的审美特质，特别是在正统意识形态的压抑下，下层的民众具有摆脱压抑、向往自由的本能渴望。因此在他们的文学中，就具有了对正统意识形态的消解和抵抗。为什么民间文学中的男女情歌占有很大的比重？其原因就在于"男女之情"在封建社会所受的桎梏最残酷。民间文学中所具有的这种质朴、自由的心灵情感用民间活的、生动的、日常口语化语言表达出来的时候，往往具有清新、活泼、生动的审美特点。胡适等人在审美形式上突出强调白话的口语化、生动性等特点时，就从我们本土的文化内部发现了抵抗古文、反叛正统意识形态的力量。由于这种力量是包含在本土的文化之中，尽管在倡导之初，受到各种力量的反对，但却有着普遍的文化基

---

① 参见《中国文艺复兴运动》，《新生报》，1958 年 5 月 5 日。

础，也就较易达到人们的理解和认同。从这个意义说，"白话文正宗论"最大限度地利用了中国文学的传统资源，使中国文学的形式在它自身内部并按照其本身的逻辑完成了革命性的历史转性。这可以理解为是改良主义的胜利，同时，白话文学所包含的民间性的价值立场和文学史观念，与五四时期的启蒙思想内涵和新文化精神，不仅完全一致，而且还构成了其潜在的价值依托和理论起点。在这里，形式获得了它的最为巨大和最为丰富的历史内容。从此，白话文成为中国新文学的主流，这又可以理解为是形式主义的胜利。[①] 形式的胜利虽然包含有丰富的历史性内容，但丰富的历史性内容并非全部由形式本身来承担，在形式变革的同时，内容的革新就成为五四新文学最为重要的内容。这一点在胡适倡导白话文的时候，许多人就已经意识到了。形式虽然可以依托民间文学及民间文化形态中的审美活力来完成，但内容的变革却难以完全由民间文学及民间文化形态的自身现代性因素的转变来完成，这是由五四"启蒙"主题所决定的一种历史性选择。由此，外国文学、文化又构成了五四新文学产生的又一个重要条件，外国文学、文化观念及审美形式又与以白话文学为主的民间审美形式融为一体。在相互的选择融化中，才有了新文学的"新"境界；所以强调民间审美形式活力为理论起点的新文学变革的重要意义并不意味着对外来文化、文学的忽视，而是突出这样一个基本的理论观点：任何一种新文化、文学的诞生都不可能与本民族文化中的内部因素割断联系。

---

① 参见吴俊：《民间性的文学传统》，《作家》1999 年第 9 期。

在"民间"与启蒙之间

——五四时期周作人的"民间"理论

　　胡适在五四新文学时期，发现了民间文学及民间文化形态中的"白话语言"所具有的审美活力，从审美的角度肯定了语言形式对新文学变革的巨大意义，但仅有"白话的语言形式"是难以真正完成新文学的变革过程的，周作人就认为"古文多为贵族的文学，白话多是平民的文学，但这也不尽如此"。"白话也未尝不可雕琢，造成一种部分的修饰的享乐的游戏的文学，那便是虽用白话也仍然是贵族的文学。"① 周作人在白话文倡导的时候，就已经看到了仅仅强调"白话语言"本身，在建设新文学过程中是有一定的局限的。周作人不仅在"白话"的倡导中，与胡适有着不同的看法，在民间文学、文化形态与新文学、新文学应该怎样建设、新文学与外国文学等问题上也有自己独特的见解。那么，周作人是如何看待民间文学、文化形态与新文学

---

① 周作人：《平民的文学》，《每周评论》第五期，1919 年 1 月 19 日。

的关系，又是如何理解"民间"的呢？在这一点上，周作人和鲁迅有相似之处，对民间文化、文学持二元态度。

一

周作人一生著述广泛，涉及诸多领域，但对于民间文学、文化形态的研究一直怀有浓厚的兴趣。在神话、民间传说、故事、童话、民歌、笑话、谜语等各个方面的研究都具有开拓性的意义。周作人的民间文学、文化研究与外来文化思潮有着密切的关系。在1906年初到日本的时候，就开始接触了《英国文学中的古典神话》、安德鲁·兰的《习俗与神话》《神话、仪式与宗教》以及中国古代儿歌集《天籁集》、日本柳田国男的《远山野语》等著作。在他们的影响之下，周作人对民间文学、文化的研究呈现出深刻的现实意义，这种意义又是与新文学的建设密切相关的。

五四时期周作人的文学观是典型的启蒙主义文学观，他在《平民的文学》一文中说："平民文学决不单是通俗文学。白话的平民文学比古文原是更为通俗，但并非单以通俗为唯一之目的。因为平民文学不是专做给平民看的，乃是研究平民生活——人的生活——的文学。他的目的，并非要想将人类的思想趣味，竭力按下，同平民一样，乃是想将平民的生活提高，得到适当的一个地位。凡是先知或引路的人的话，本非全数的人尽能懂得，所以平民的文学，现在也不必个个'田夫野老'都可领会。……正因他们不懂，所以要费心力，去启发他们。"周作人所说，有两个意思值得重视：（1）平民文学与平民的生活是相关的，（2）平民文学应有高于"平民"的思想趣味。这种启蒙主义的文学立场，决定了周作人对于来自民间的"白话语言"，不会像胡适一样简单地从审美的角度进行热情的肯定，而更加重视"白话"所要表达的内容；也不像胡适一样认为"一切新文学的来源都在民间"，而是对"民间"表现出复杂的二元态度，即一方面看到了民间文学与文化中包含着新文学建设的重要因素。另一方面又对民间的文学形式与思想持怀疑和批判的态度。周作人曾认为对于民间歌谣的态度应有两个方面：一是学术的，一是文艺的。我们首先从文艺的角度来看周作人对民间文学与文化的认识和理解。

周作人认为："'民间'这意义，本是指多数不文的民众；民歌中的情绪与事实，也便是这民众所感的情绪与所知的事实……所以民歌的特质，并不偏重在有精彩的技巧与思想，只要能真实表现民间的心情，便是纯粹的民歌。"[1] 周作人对民间及民歌的理解与胡适显然有所区别，胡适理解的民间虽然也是指下层的民众，但他重视的是民众语言的明白、朴素、生动，他所看到的是民歌中这种活泼的语言魅力对于古文文学的反叛，周作人所强调的则是真实地表现民间的心情。也可以说胡适强调形式，周作人强调内质，在强调以"形式"为主的民间文学的魅力时，胡适自然认为新文学的形式完全可以以民间文学为楷模，这一点周作人也不否认，他曾说意大利人（Vitale）在所编的《北京儿歌》序上指出对读者的三项益处，第三项是在中国的民歌中可以寻到一点真的诗，接着又说这些东西虽然都是不懂文言的、不学的人的创作，却都有一种诗的规律，与欧洲诸国类似，与意大利诗法几乎完全相合。根于这些歌谣和人民的真的感情，所以一种国民的诗或者可以发生出来。[2] 并认为这是极有见解的思想。在这里周作人同样肯定了民歌的形式因素，但是一旦把真的"感情""心情"作为民歌的

---

[1] 周作人：《中国民歌的价值》，《歌谣》第 6 号，1923 年 1 月 21 日。
[2] 参见《周作人民俗学论集》，上海文艺出版社 1999 年版，第 105 页。

根本特质时，他肯定文学应以白话为基本的形式，但并不以为所有的白话文学都是好的文学，在民歌中也有粗俗的、技巧拙笨的劣等品，所以周作人不像胡适那样满怀激情地肯定白话文学语言形式的巨大意义，而是特别重视民歌的真挚与诚信。他说："民歌的最强烈最有价值的特色是它的真挚与诚信，这是艺术品的共通的精魂。于文艺趣味的养成极是有益的。吉特生说：'民歌作者并不因职业上的理由而创作，他唱歌，因为他是不能不唱……但是他的作品，因为是真挚地做成的，所以有那一种感人的力，不但适合于同阶级，并且能感及较高文化的社会。'这个力便是最足供新诗的汲取的。"① 由此看，在新文学与民间文学的关系中，胡适主要强调语言上的明快、朴素、生动，周作人强调的是内在的情感的"力"，并且这个"力"与各个阶级相通，那么，这个"力"是什么呢？他在《人的文学》一文中，引用美国 18 世纪诗人勃莱克（Blake）的话说："力是唯一的生命，是从身体发生的。理就是力的外面的界。""力是永久的娱乐。"认为这话"很能说出灵肉一致的要义。我们所信的人类正当生活，便是这灵肉一致的生活"。也就是"爱人类的""个人主义的人间本位主义"的生活态度。显然周作人对民间文学与文化的理解与认识，是与他的"人的文学观"联系在一起的，从这样一种知识分子启蒙主义的"人学观"出发，他在充分肯定民间文学的"真挚与诚信"（因为这两点也是人的文学所必具有的）时，对民间文学与文化中所体现出的"非人"的因素，便持一种激烈的批判态度。这一点胡适与周作人有很大的差异。胡适从"白话语言"的角度，对《水浒传》《三国演义》《红楼梦》《西游记》都给予极高的评

---

① 周作人：《周作人民俗学论集》，上海文艺出版社 1999 年版，105 页。

价，认为是伟大的白话小说，周作人则认为从"人的文学"的角度看，中国文学中极少有"人的文学"，从纯文学上举例，他举了十类中国文学中的作品都不是好的作品，其中就有《西游记》和《水浒传》。他说人的文学和非人的文学的区别在于："一个严肃；一个游戏。一个希望人的生活，所以对于非人的生活，怀着悲哀或愤怒；一个安于非人的生活，所以对于非人的生活，感着满足，又多带些玩弄与挑拨的形迹。"① 从这样的角度，他也不认为所有的白话文学都是好的作品，贵族文学也未必都是坏的作品，对于民间文学及民间文学中所体现出来的民间文化形态也是这种态度。

周作人一方面肯定了民歌原是民族文学的根基，对于民族诗的发展有重要的意义，另一方面，他又认为民间的文学作品存在着许多问题，无论从形式和思想上都不能使我们感到满足。他从一张包布的纸上，发现了一首民歌。② 他说这首歌与许多的剧本山歌相同，都是以七言为基本，因此多成为拙笨单调的东西。在谈到猥亵歌谣时，他也说："民间的原始的道德思想本极简单不足为怪；中国的特别文字，尤为造成这种现象的大原因。久被貌视的俗语，未经文艺上的运用，便缺乏了细腻曲折的表现力；简洁高古的五七言句法，在民众诗人手里又极不便当，以致变成那种幼稚的文体，而且将意思也连累了。"③ 周作人不仅对于部分民歌的文学形式表示不满，而且从思想内容上也提出了批判，从他所发现的那一首诗里，他看到了中国极大多数人的

---

① 周作人：《人的文学》，《周作人民俗学论集》，上海文艺出版社 1999 年版，第 273 页。
② 周作人：《民众的诗歌》，《晨报》副刊，1920 年 11 月 26 日。
③ 周作人：《猥亵的歌谣》，《歌谣》纪念增刊，1923 年 12 月 17 日。

思想，"妥协、顺从，对于生活没有热烈的爱着，也便没有真挚的抗辩"①，"倘如有威权出来一喝，说'不行！'我恐怕他将酒色财气的需要也放弃了，去与威权的意志妥协，因为中国的人看得生活太冷淡，又将生活与习惯并合了，所以无怪他们好像奉了极端的现世主义生活着，而实际上却不曾真挚热烈的生活一天"②。这显然是周作人从"人的文学"的启蒙知识分子立场对民间文学中所体现出的民间文化以及人生态度的严肃批判。从社会的角度，周作人看到了民间社会中的"非人"的生活境遇，也看到了民间社会被"威权"的主流意识形态所控制而表现出来的奴性与顺从。因而他以"启蒙"的立场，呼唤"人"的文学的诞生。但这并不意味着他对民间文学与文化的全部否定，这一点在前已有论述。他从民间文学中，仍然看到了与现代启蒙意识及文学相共通的那种现代性因素。

从文学的角度看民间文学及其所体现出的民间文化形态，周作人所采取的是一种"二元"批判态度，那么从学术的或者历史的角度来看民间文学与文化时，周作人的思想又是怎样的呢？在这一层面，他又涉及了哪些重要的问题呢？

二

周作人始终认为对民间文学及其所体现出的文化形态，应有学术的、历史的和文艺的、道德的两种态度的分别。从文艺或道德的方面说，他对民间持二元态度，这种二元态度体现着一个启蒙知识分子对新文学、新文化建设的热烈渴望和试图从民间中寻找精神资源的深切

———

①② 周作人：《民众的诗歌》，《晨报》副刊，1920 年 11 月 26 日。

思考。从学术或历史的角度，周作人认为无论如何粗鄙或不道德的文学都应收集和保持，都可以作为研究的资料。其研究目的主要体现为两个方面：一是民俗学的，一是文艺的。正如他自己所说："神话不但在民俗研究上的价值很大，就是在文艺方面也很有关系。"

从学术的、民俗学的角度，去研究民间文学与文化，周作人所涉猎的范围非常广泛，与民间文化相关的神话、传说、童话、民歌、笑话、谜语等都有专门的研究文章，其中的神话研究尤为重要。他曾说："我是一个嗜好颇多的人……我也喜欢看小说，但有时又不喜欢看了，想找一本讲昆虫或是讲野蛮人的书来看。但有一样东西，我总喜欢，没有厌弃过，而且似乎足以统一我的凌乱的趣味，那就是神话。"① 在周作人看来，神话不仅能让我们看到当时社会上的思想、制度、风俗和信仰习惯，而且在文学上有其独立的存在价值，因为它真诚地表现出了人的质朴的感想。如人性没有根本的改变，无论内容与形式如何奇异，一样的是能感动人的，所以我们不能以科学的知识去攻击神话的虚假和迷信，而应在迷信、虚假中发现美。对于童话周作人所持的观点与神话基本相同。由此，周作人不仅研究了神话研究的学派，神话、童话的起源及其特点，而且认为神话、童话、传说、民歌等是民族文学的根基，他认为童话可分为民间童话与童话文学两种，前者是民众传述的、天然的；后者是个人的、创作的、人为的；前者是小说的童年，后者是小说的化身、抒情与叙事法的合作。从民间流传的神话、童话、传说等内容中发现与个人的文学创作之间的关系是周作人民间文学与文化研究中一个应该引起重视的内容，因为任何一个时期、一个民族的文学发展过程，都

---

① 转引自苏雪林：《周作人先生研究》，《青年界》，1934 年 12 月。

不可能与民族的、本土的、民间的精神割断联系。他在《神话的趣味》
一文中，讲了天狗吃月的这类传说，当天狗正吃月时，家家击锣打鼓，
以为把天狗惊跑了，月亮就能复圆。从前的人很相信月真被天狗吞了，
所以便造出许多的神话来，流传至今犹成为乡俗。又讲中国小说如《聊
斋》里面记载鬼狐的故事很多，并且相信人也可以变成狐狸精。在这里
周作人就说出了一个极为深刻的文学现象，传说变为乡俗，一种文化现
象又体现在其后的文学创作中，从而形成了一个民族的文学的独有风格
和特点。在《抱犊固的传说》中，他还讲了绍兴城内"躲婆弄"的来历
和贺家池的传说，接着认为："这些故事，我们如说他无稽，一脚踢开，
那也算了，如若虚心一点仔细检察，便见这些并不是那样没意思的东
西，我们将看见《世说新语》和《齐谐记》的根芽差不多都在这里边，
所不同者，只是《世说新语》等千年以来写在纸上，这些还是在口耳相
传罢了。我们并不想做《续世说》，但是记录一卷民间的世说，那也不
是没有趣味与实益的事罢。"[1] 周作人对民间文化与文学创作的这种关系
虽没有明确的文艺或道德上的价值判断，但却指出了民间文化与文学作
品之间的深层联系。

周作人在他的民间文学与文化研究中，还谈到了民间信仰与民
间道德、人格行为、思想、文学之间的关系。在谈到神话和童话的起
源时就认为："童话（广义的）起的最早，在'图腾'时代，人民相
信灵魂和魔怪，便据了空想传述他们的行事，或者借以说明某种的现
象。"[2] 指出了"信仰"对于民间文学与文化的形成所起的重要作用。

---

① 周作人：《抱犊固的传说》，《语丝》第 16 期，1925 年 3 月 2 日。
② 周作人：《神话的辩护》，《晨报》副刊，1924 年 1 月 29 日。

更重要的是他从民间信仰的角度，指出了民间社会与文化所存在的问题。他认为流行于中国民间的信仰是道教，所谓的道教不是指老子的道家者流，乃是指有张天师做教王，有道士们做祭司的，太上老君派的拜物教。在没有士类支撑的乡村，这个情形更为明显。"因为相信鬼神魔术奇迹等事，造成的各种恶果，如教案，假皇帝，烧洋学堂，反抗防疫以及统计调查，打拳械斗，炼丹种蛊，符咒治病种种。"① 还有就是相信"命"与"运气"，人相信命，便自然安分，不会犯上作乱，却也不会进取。周作人认为这种民间的道教信仰实在是社会改革的最大阻力。他从民间信仰看到民间社会的愚昧、麻木与盲从形成的原因是五四时期极为深刻和独特的一种认识。当五四新文学的同仁们高扬"反儒"的旗帜时，他却从民间的角度看到"道"的危害，这也就难怪他把与这种"道教思想"相关的迷信鬼怪书类（《封神榜》《西游记》等）、神仙书类（《绿野仙踪》等）、妖怪书类（《聊斋志异》《子不语》等）、奴隶书类（甲种主题是皇帝状元宰相，乙种主题是神圣的父与夫）等，统统看作是妨碍人性的生长、破坏人类的平和的东西，统应该排斥。② 这里典型地体现出了周作人对"民间文化"的排斥以及体现这种文化的文学作品的批判。由此我们也看到了"民间"与文学之间的一种非常复杂的关系。从社会学或民俗学的意义上看民间，民间是藏污纳垢、美丑并存、善恶交织的，当这一民间在文学作品中呈现出来的时候，就价值趋向上看，有的就如周作人所说是一种"非人的文学"，有的则具有人的文学的特点。因此，在民间理论研究

---

① 参见周作人：《乡村与道教思想》，《语丝》第 100 期，1926 年 10 月 9 日。
② 参见周作人：《人的文学》，《新青年》第 5 卷第 6 号，1918 年 12 月 15 日。

中，绝对不能把社会学的"民间"与文学的"民间"等同起来，并应加以区别。

周作人在为刘经庵所编的《歌谣与妇女》一书所写的序中说："中国妇女向来不但没有经济政治上的权利，便是个人种种的自由也没有，不能得到男子所有的几分，而男子自己实在也还过着奴隶的生活，至于所谓爱的权利在女子自然更不必说了。但是这种不平不满，事实上虽然还少有人出来抗争，在抒情的歌谣上却是处处无心的流露，翻开书来即可明了地看出，就是末后的一种要求我觉得在歌谣唱本里也颇直率地表示着。这是很可注意的事。"[①] 在此周作人敏锐地看到了"文学的民间"所呈现出来的不同于"事实的民间"的特点，"文学的民间"里不仅有不平不满的宣泄，也直率地表示着对爱的自由的向往。这是人心中真挚情感的表现。周作人在歌谣中看出蛮风古俗、民间儿女的心情、家庭社会中种种情状的同时，也看出了事实民间中很少有的这种声音，恰恰是从审美的角度指出了民间歌谣的价值所在。五四时期大部分喜欢民间文学的现代知识分子也正是从启蒙的立场上看到了民间中这种个性自由的生命追求。从而把其纳入新文学的建设过程中，构建新文学的现代性品格。

五四时期周作人的民间文学研究还有一个重要的方面就是对于儿童文学的研究，他从 1910 年左右开始搜集儿歌并发表了大量儿童文学方面的研究文章，对中国现代儿童文学的发展作出了开拓性的贡献。

---

① 周作人：《燕大周刊》第 82 期，1925 年 10 月 7 日。

他的贡献不仅在于探讨了儿童文学与成人文学的相同和差异以及其基本特色，更为重要的是提出了把"儿童"看作是"完全的个人"，认为儿童在生理心理上虽然和成人有所区别，但有他自己内面和外面的生活，所以不应当像以前一样，不是将他当做缩小的成人，拿"圣经贤传"尽量灌输下去，就是把他当做什么都不懂的小孩，一概不理。这种以"儿童为本位"的文学观，鲜明地体现着他的"人的文学"思想。周作人正是从这种"儿童本位文学观"的立场出发，提出了儿童文学的价值及其对儿童教育的方法和对儿童文学作品的要求。

周作人民间文学与文化的研究还涉及了谜语、笑话等各个方面，但到 1930 年，他坦率地承认，自己的观点已经改变，他说他对歌谣最初抱有极大的热情和信心已经动摇。[①]认为民间歌谣不是民众自己的创造、民间的即兴，全在于将因袭的陈言很巧妙地结合起来，这与真诗人的创作相去甚远。[②]这种转变所留给我们思考的问题，留待日后再作探讨。

三

通过如上五四时期周作人对民间文学文化的态度的论述，我们看到周作人是从文学的整体意义上来看待民间文学与文化，他只是把民间文学看作是文学的一种类别，虽然从学术的层面上，论述了民间文学各自不同的问题特征及其文学史的意义，但从新文学建设的角度，他所寻找的是"文学"共同的东西，他对于民间文学的肯定也是整体

———————————

①② 参见周作人：《重刊〈霓裳续谱〉序》，《看云集》，上海开明书店 1932 年版。

的文学所必具有的真挚与诚信以及"以人为本"的信念，由此他对胡适提出的以民间文学对抗贵族文学的思想持怀疑态度；因为在他看来，民间文学与贵族文学都各自带着普遍性的人类文化价值，都可以成功地表示人类的真情实感。对于那些不能成功表达人类情感或所表达的内容与其"人的文学"相悖离的民间文学作品则持批判的否定态度。由此看周作人的民间文学立场是与启蒙主义的立场一致的，这就必然带来他对民间文学及其文化形态的二元态度。

周作人对中国民间文学及其文化形态的研究是在世界性的范围内展开的，他的许多观点都与国外的民间文学研究者相联系。他自己在《我的杂说》中所提到的就有安特路朗、威思忒玛克等等。他研究的对象也不仅仅局限于中国的作品，古希腊神话也是其重要的研究内容。正是有了这种世界性的眼光，他才特别重视民间文学与文化形态的研究，正如他自己所说："中国现代文艺的根芽，来自异域，这原是当然的，但种在这古国里，吸收了特殊的土味与空气，将来开出怎样的花来，实在是很可注意的事。希腊的民俗研究，可以使我们了解希腊古今的文学；若在中国想建设国民文学，表现大多数民众的性情生活，本国的民俗研究也是必要，这虽然是人类学范围内的学问，却与文学有极重要的关系。"① 这也正说出了五四现代知识分子对民间文学及文化富有热情的根由，因为民间与民族文学的产生是密切联系在一起的。

---

① 周作人：《在希腊诸岛》，《小说月报》12 卷 10 号，1921 年 10 月 10 日。

第四节
民间的语言自觉与价值认同

　　五四时期的刘半农不仅是一位诗人、新文化的传播者，还是现代实验语言学的奠基人，他倡导民俗学的研究、译介外国文学和推广摄影艺术方面的成绩也是开创性的。如果从文学建设的角度理解刘半农在文学史上的意义，他对新文学最大的贡献在于以"语言"为核心的新诗构建。刘半农、胡适等人在五四时期虽然都重视"语言"变革的意义，但倡导"语言"变革的目的却有着细微的差异，在胡适那里"语言"是作为传达新思想的工具而备受重视的，"语言"的审美意义是寓于它的工具性价值之中的。相比较而言，刘半农更重视"语言"本身的本体意义。他说："我以为文章是代表语言的，语言是代表个人的思想情感的，所以要做文章，就该赤裸裸的把个人的思想情感传达出来"，"什么'结构'，什么'章法'，'抑、扬、顿、挫'，'起、承、转、合'等话头，我都置之不问，然而亦许方能得其自然"①。显

————————

① 刘半农：《半农杂文自序》，《人间世》第5期，1934年6月。

然，"语言"成为刘半农在新诗创作过程中关注的一个极为重要的文学问题。在新诗"语言"的构建过程中，刘半农特别重视"民间语言"的价值，换句话说，"民间语言"成为他发现"诗美"的重要资源并把"语言"看作是文学的根本性问题，那么，刘半农是怎样理解民间语言的价值，又是怎样把民间语言纳入新诗创作的过程中呢？

一

在刘半农看来，"语言在文艺上，永远带着些神秘作用。我们作文作诗，我们所摆脱不了，而且是能运用到最高等最真挚的一步的，便是我们抱在我们母亲膝上所学的语言；同时能使我们受最深切的感动，觉得比一切别种语言分外的亲切有味的，也就是这种我们的母语。这种语言，因为传布的区域很小（可以严格的收缩在一个最小的地域以内），而又不能独立，我们叫它为方言"[1]。"方言"传播的区域虽然小，但运用于文学创作中却能发挥其作用。刘半农把"方言"或者说"民间的语言"看作是文学审美力量产生的重要因素。他在谈到歌谣的好处时所说："它的好处，在于能用最自然的言词，最自然的声调，把最自然的情感发抒出来。"[2] "而这有意无意之间的情感的抒发，正的的确确是文学上最重要的一个元素。"[3] "唱歌的人，目的既不在于求名，更不在于求利"[4]，因此在歌谣中"往往可以见到情致很绵厚，风神很灵活，说话也恰到好处的歌儿"[5]。刘半农在此主要是从审美的意义上强调"民间语言"的意义和价值的。就这一点而言，他与胡

---

[1]《刘半农诗选》，人民文学出版社 1958 年版，第 82 页。
[2][3][4][5]《海外民歌序》，《语丝》第 127 期，1927 年 4 月 16 日。

适是有所区别的，胡适虽然也强调民间语言的审美意义，但同时也强调民间白话语言传播新思想所应有的功利目的和作用。胡适曾说："语言文字都是人类达意表情的工具；达意达的好，表情表的妙，便是文学。"[①] 因此，在白话文倡导过程中，胡适首先看到的是民间白话语言所具有的"工具性"作用，这一点在他的《〈尝试集〉自序》中表达得更加明确，他说："我们认定文字是文学的基础，故文学革命的第一步就是文字问题的解决。我们认定'死文字不能产生活文学'，故我们主张若要选一种活的文学，必须用白话来做文学的工具，我们也知道单有白话未必能造出新文学；我们也知道新文学必须要有新思想做里子。但是我们认定文学革命需有先后的程序：先要做到文字体裁的大解放，方才可以用来做新思想新精神的运输品。我们认定白话实在有文学的可能，实在是新文学的惟一利器。"因此，"若想有一种新内容和新精神，不能不先打破那些束缚精神的枷锁镣铐"[②]。显然，胡适在此强调的"民间白话语言"有着双重意义：一方面是作为传播新思想的工具性作用，另一方面是作为文学构成因素的审美意义，但这种"审美"是包含有强烈的功利性现实目的在内的，也就是说它对于民间性语言的审美理解是在启蒙的立场上建立起来的。刘半农对民间白话语言的理解虽然也与启蒙的立场有关，但似乎更重视"语言本身"的审美魅力。语言是否具有传播"新思想"的功能在他的相关文章中却极少提及，相反在谈到"方言"时却认为："一种语言传布区域的大小，和他

---

① 胡适：《什么是文学》，姜义华主编：《胡适学术文集》，中华书局1993年版，第87页。
② 胡适：《谈新诗》，姜义华主编：《胡适学术文集》，中华书局1993年版，第385页。

五四时期一个重要的社会思想就是个性解放，它是反叛封建束缚，建构新的人格精神的重要理论基础，与这种个性解放思想相适应的是主张彻底"表现自我"的诗学观。五四时期的郭沫若、郁达夫、成仿吾等创造社作家就都强调文学要纯真自然地表现自我的情感，以自我感情真挚抒发为艺术创作的中心，显然，郭沫若对诗的理解和要求与刘半农对诗的见解基本上一致，但这种诗学观的文学史依据或者说支持这种诗学观的文学史基础却有区别。郭沫若主要是从西方浪漫派、现代派的创作原则中发现与自己的艺术追求相共鸣的契合点，对他的创作产生重大影响的是雪莱、拜伦、歌德、海涅、惠特曼等西方诗人，而刘半农则在中国本土的民间歌谣中找到了个性主义诗学观的支持者，在这一点上胡适也是如此，他在《白话文学史》中梳理中国文学的发展过程时，就提出来白话民间文学的巨大意义和现代性价值。这一文学史现象证明：启蒙与民间在五四时期并不是以对立的方式存在，而是"民间文化"以其特有的本土化功能参与了启蒙文化的构建，譬如民间文化、文学中自由情感的表达、人性解放以及其中包含的朴素的平等思想，都与五四时期启蒙文化有一致的共鸣点，现代知识分子不仅到西方寻找启蒙的精神火种，而且也在本土的民间文学中发现了"启蒙"的现实动力，并满怀激情地去激活民间文学中所蕴含的这种现代性思想，使其焕发出新鲜的活力。刘半农对民间文化、文学的这种认知态度在以往的文学史研究中是被忽略的，以往我们过分强调了西方文化的影响和作用，对于本土民间文化中所包含的"启蒙动力"以及为现代知识分子提供的精神资源没有予以足够的重视，刘半农的存在不仅为我们提供了研究这一文学现象的对象，而且由此对现代文学的生成做更进一步的思考。刘半农从审美的角度对"民间语言"的重视，给他带来了一种怎样的"话语"世界呢？

二

　　语言是文学表达的一个根本性问题，但表达什么、怎样表达却并不是由语言本身所决定的，它往往与作家的精神立场、表现对象等内容联系在一起，或者说，语言作为一种符号，它同样包含着文化的意蕴。语言一旦与作家的精神、情感、文化立场联系在一起，它就成为一个有意义的"话语世界"，在刘半农的文学创作中，这种话语世界的形成是以"语言"为起点的。他在《瓦釜集》代自序中说过他做"瓦釜集"这些诗的动机"是起于一年前读'阿门'诗，和某君的'女工之歌'。这两首诗都做得很好，若叫我做，我做不出。但因我对于新诗的希望太奢，总觉得这已好之上，还有更好的余地。我起初也说不出所以然来。后来经过多时的研究与静想，才断定我们要说谁某的话就非用谁某的真实的语言与声调不可；不然，终于是我们的话。"在此，刘半农提出来"我们"与"他者"的区别，"我们"要想把"新诗"做好，就必须把"我们"的语言向"他者"转换。这种审美性的要求实际包含着一个重要的问题——知识分子的价值立场和精神诉求对于文学的"话语世界"所应具有的重要意义。当刘半农把"我们"的语言转换为"他者"的语言时，就必然在情感、立场上去接近"他者"，因为只有在情感、精神上成为"他者"的一部分时，才能说出"他者"的话来。由此，刘半农五四时期的诗歌创作中不仅透露着民间语言的气韵，而且表现出了知识分子的民间立场和精神。这种民间立场和精神首先体现在依据民间普通老百姓的思维逻辑和生活逻辑去表达他们的精神、情感世界，并设身处地地为他（她）们的处境、命运着想、代言，进而发现社会的不平和所谓"知识者"的虚伪。《耻辱的门》写一为生存挣扎的女子被迫为娼的内心痛苦，"从此出了这一世，走入别一世，钻进耻辱的门，找条生存的路"。这发自内心的无奈和痛苦是如此强烈地震撼着人们的心灵，在生存面前，谈什么人格、道德的"君子"们是何等的虚伪和残忍，快要饿死的弱女子还能有更好的选择吗？正如刘半农在这首诗的"后序"中所说："我们若是严格的自己裁判，我们曾否因为恐怕饿死，做过，或将要去做，或几乎要打主意去做那卖娼一类的事（那是很多很多的！）？做成与不做成，够不上算区别；因为即使不做成，就一方面说，社会能使我们发生这种想念的可能，我们对于社会，就不免大大的失望；就另一方面说，我们能有此等想念，便可以使我们对于自己大大的失望，终而至于战栗。而况我们所以能不做成，无论其出于自身裁制或社会裁制，其最后的救济，终还是幸运，因为我们至今还没有饿死。"他由人及"己"，从不得已而为之的行为中体验到了无言的痛苦和悲哀，并由此对社会和那些"正人君子"们进行了无情的批判。这种来自民间底层的声音，与那些仅仅给予贫穷者某种"同情"的知识者不同，它更深切的触摸到民间生存的真相。在《面包与盐》中，刘半农用朴素的、不加修饰的语言，表达了普通老百姓"两子儿的面，一个子儿的盐，搁上半喇子儿的大葱"的简单生活要求，就是这最低生活要求也往往受到威胁，"咱们不要抢人家的，可是人家也不该抢吃咱们的"，"咱们要的只是那么一点儿，——两子儿的面，一子儿的盐，可别忘了半喇子儿的大葱"。当人们连这样的生存条件都不能维持的时候，这个社会制度、政治、经济还能是好的吗？刘半农这种依据民间的声音而写出的诗文，在五四时期有什么独特的价值呢？从五四时期的整体时代倾向而言，是一个向西方寻求救国的真理，以启蒙国人觉醒的时代，个性、自由、民主、科学的呼唤，成为现代中国知识分子奋斗的目标。因此，对"民众"多取一种批判的、同情的姿态，对于国家、民族的想象也往往有着浓郁的西方文化的痕迹，刘半农作为一个新文化建设者的主将，则是把眼光紧紧盯着本土文化语境中"民众"的切身处境，从他的诗歌创作中，我们读到的是下层劳动者、贫民发自内心的声音，这声音没有郭沫若激昂的个性雄风，没有康白情觉醒后的忧伤，也不像冰心"爱"的福音慰藉人的心灵，他以民歌体的风格，以朴素、口语化的"土语"开拓出了另一个文学的话语空间，在这个空间中有先觉知识分子的内心痛苦，但这种痛苦不是以知识者与民众的精神差异为前提的，而是以知识者的人道主义情怀与人的生存环境的对立为前提的，也就是说他与"民众"取同一价值立场，为民众代言，发出民间的不平之音，我把这一"民间世界"称为知识分子的民间话语世界，这一"话语世界"包含着对摧残人（特别是民间底层劳动人民）的社会及其漠视人的存在的人的强烈批判和厌恶，他不仅承认民间生命、精神存在的合理性，而且承认民间自身也有表达自己的权利。在这一点上，"民间话语"与"启蒙话语"有所不同，"启蒙话语"所表达的是知识者主要来自西方的话语体系，面对本土的"民间"往往有一种居高临下的优越感，去指责他们的愚昧，并漠视他们的"话语"表达的可能性，正如刘半农所说"古怪的是我们只会张口说别人，而且尤其会说对着我们不得不回一声口的人。对于自身，却可以今天吃饱了抹抹胡子说声'无可奈何'，明天吃饱了剔剔牙说声'事非得已'……有一部'原谅大辞典'尽够给我们用！这是人间何等残忍可耻的事啊！"刘半农这段话虽然不是针对"启蒙者"而言，但也的确指出了部分知识者并未把大众和自己放在平等的生命价值天平上，全面深入地理解民间的生活，这也正是五四部分启蒙者的局限，这样说并不是否认"启蒙话语"的价值。"启蒙话语"所开创的现代文化、文学世界不仅帮助人们发现了"人"的真正价值和文学的现代性品格，而且带来了对中国几千年封建文化的深刻反思，但是这种"人"的观念和对封建文化的反思不能仅仅在部分知识者范围内展开，而应该落实于具体的现实文化语境中，一旦进入现实之中，对"民众"的话语世界如果不予以充分的重视，也就难以真正理解"民众"所关心的问题，也就难以把启蒙贯彻到底，这大概也是"启蒙"不被大多数人所理解，陷入悲剧性结局的原因之一。

刘半农的这种民间立场写作，与五四时期其他知识分子所具有的"民间化"倾向不同，他不是站在启蒙知识分子的立场上同情他们的不幸，在观念上把他们看作是异于自己的"他者"，譬如从启蒙者的"自由"概念出发，是难以看到民间底层的"自由生命"渴望的，民间往往呈现出麻木、呆滞的愚昧文化形态，刘半农的文学创作中很少出现启蒙意义上的"自由"呼唤，他发现的是蕴涵于民间文化本身的自由渴望。这种"自由"由于受到残酷的生存条件限制，转化为对于一种生存权利的抗争，生命的自由渴望首先表现为生存权利的获得，这种"自由"追求虽没有郭沫若那种"个性宣泄"的冲击力量，却更深切地理解了中国本土文化的内蕴。这也许是刘半农作为一个现代知识分子在其文学创作中很少提及外国作家对他影响的原因。他是五四时期一个自觉地到民间文化中寻找精神依托——并且在价值观念上认同他们的生存原则的一个重要诗人。他的存在意义不仅在于表现出了启蒙知识分子很少意识到的一个文学世界，更为重要的是他确立了从民间本身来理解民间文化的一种思维原则，因此，他义无反顾地走向了民间文化、文学，把民间看作是新诗产生的重要源泉，用民歌、民谣的形式来表现民间的精神、情感，创造了一个与其他新诗完全不同的审美艺术世界。

三

刘半农用取自民间的艺术形式表达民间的精神和情感，那么，他的诗歌有哪些重要的特点呢？在刘半农的诗集《扬鞭集》和《瓦釜集》中，一个最为突出的特点就是民间语言的诗性自觉表达。

在中国现代文学的发展过程中，刘半农是一个在理论和创作上都有着本土化语言追求的诗人。不可否认，在五四时期的文学创作中，虽然以民间化、口语化的语言打破了"古文"的束缚，但由此而出现的"白话语言"却有两种倾向值得注意：一是过分口语化、自由化带来了新诗审美品格的降低，诗情因素变得淡漠；二是过分欧化的语法、造句的运用，使汉语语言的主体性受到伤害。在刘半农的诗歌创作中却自觉地避免了五四新诗所存在的如上缺陷，他不仅十分注意诗歌语言的音节和声调问题，而且对"民间语言"的审美把握表现出诗性的自觉，这种自觉一方面表现在他的诗歌中很少欧化的句式存在，完全用来自民间的语言和句式表达自己的情感；另一方面就是在运用民间语言时，不是粗糙的、无选择的滥用，始终有一种审美上的自觉。像《母的心》一诗，完全是用"口语"入诗，但这"口语"却简洁、明快，神情声色描绘得逼真、深切：

> 他要我整天地抱着他；
> 他调着笑着跳着，
> 还要我不住地跑着。
> 唉，怎么好？
> 我可当真的疲劳了。
> 想到那天他病着：
> 火热的身体，
> 水澄澄的眼睛，
> 怎样的调他弄他，
> 他只是昏迷迷的躺着，——
> 哦！来不得，那真要
> 战栗冷了我的心；
> 便加上十倍的疲劳，
> 你可不能再病了。

这首诗的遣词造句没有欧化的毛病，完全是本土的民间化语言，但内在的节奏、韵律却在朴拙中生发出动人的美感，特别是最后一段表达出母爱之心是那样的动人和真挚，这种民间语言已超乎寻常语言之上，具有了神奇的诗性。他模仿家乡民歌的声调，运用家乡方言所做的《瓦釜集》中的许多篇章，也有着动人的魅力。由刘半农诗歌中的这种语言探索，我想到了汉语写作主体性的问题。自从五四新文学开始以来，我们的语言——文学的语言，就一直存在着如何处理与本土文化之间的关系问题。文学语言只有在本土文化语境中才能建立起"语言的主体性"品格，但是，我们在寻求西方文化以求现代性发展的过程中，语言也不自觉地受到了异域语言的"伤害"，部分地失去了本土文化的意蕴，五四文学中某些作品的语言就有这种倾向，在其后的历史发展过程中，这种情形依然存在。作为对这一倾向的反拨，"民间语言"扮演了极为重要的角色，但其中造成的问题也值得深思，从20世纪30年代的"大众化"到50年代的"大跃进"民歌运动，对"民间语言"的重视并没有真正带来"文学语言"的活力，其原因在于"民间语言"背后隐含着革命与不革命、资产阶级与普罗大众、民族化与西方化的冲突与选择，当"语言"被这种政治意识形态之间的冲突纠缠时，弱化了本土文化语言的诗性趣味。这种描述只是就总体倾向而言，实际上在这一过程中像老舍、沈从文、赵树理等作家的语言追求仍旧有着极为重要的文学史价值，他们使本土的"民间语言"获得审美品格，并具有"主体性"的独立意义。如果把刘半农的诗歌创作放在这一历史背景下来思考，我们可以说他是五四新文学中少有的具有"语言主体"自觉的作家，而这种"语言主体"的确立又是以"民间语言"为基础的文学创作，他开启了文学史的另一种向度——新文学民间精神和艺术表达的自觉。

图书在版编目(CIP)数据

五四新文学研究的三个维度/王光东著. —上海：
学林出版社,2022
ISBN 978-7-5486-1849-2

Ⅰ.①五… Ⅱ.①王… Ⅲ.①新文学(五四)-文学研
究 Ⅳ.①I206.6

中国版本图书馆 CIP 数据核字(2022)第 128878 号

责任编辑 许苏宜
封面设计 张志凯

五四新文学研究的三个维度
王光东 著

出 版 学林出版社
　　　　　(201101 上海市闵行区号景路 159 弄 C 座)
发 行 上海人民出版社发行中心
　　　　　(201101 上海市闵行区号景路 159 弄 C 座)
印 刷 上海盛通时代印刷有限公司
开 本 720×1000 1/16
印 张 12.25
字 数 16 万
版 次 2022 年 10 月第 1 版
印 次 2022 年 10 月第 1 次印刷
ISBN 978-7-5486-1849-2/I·241
定 价 58.00 元

(如发生印刷、装订质量问题,读者可向工厂调换)